落第賢者の学院無双８

～二度転生した最強賢者、400年後の世界を魔剣で無双～

白石 新

角川スニーカー文庫

23074

口絵・本文イラスト：魚デニム
口絵・本文デザイン：阿閉高尚（ａｔｄ）

Contents

両雄相まみえる

一面の白光。

転生の間からの転移によって、副次的に発生した光の奔流。

目もくらまんばかりの閃光《せんこう》。

それは数秒で収まり、気が付けば俺たちは真っ暗な暗闇の中に佇《たたず》んでいた。

「ここは……魔法学院都市か？」

そう呟《つぶや》いたとおり俺の暗視魔法には、魔法学院都市の外壁がうっすらと映っていた。

視界はハッキリとはしないが……、どうもこの場所は都市への入り口の前といったところらしい。

確かこの場所は、先ほどまではラッシュ時の満員電車のような混雑状況だったはずだが、現在、周囲の様子を窺《うかが》うに人影はない。

どうやら、先刻の武装ゴーレムの時に行われていた住民の避難は、既に完全に完了しているようだ。

まあ、ぶっちゃけた話、ここから先の展開は俺にも皆目読めない。

ただ、少なくともバルタザールを相手にして、住民を守りながらまともに戦闘なんてできないだろう。

「とりあえず非戦闘員の退避完了は純粋にありがたいことだな」

と、そんな俺の呟きに、一同がコクリと頷《うなず》いた。

ちなみに、この場に転移してきたのは俺も含めて都合五人で、その内訳は――

・俺
・初代四皇
・サーシャ

戦力的な意味では、これ以上を望むのは不可能なメンツだ。

たとえ、魔術学会の発足以来の歴史を振り返っても、これ以上のベストメンバーはそうはいないだろう。

これは仲間内の身びいきっていうわけではなく、間違いなく事実として断言できる。

「しかし……改めて見るとエゲつねえな」

そう呟きながら、空を見上げる。

するとそこには――。

こちらの豪華なメンツを差し引いても、巨額のお釣りがくるような光景が広がっていた。

まあ、さっきまで俺の心には、久しぶりの四皇の再会で「どんな相手でもぶっ飛ばす」という気概が満ちていたわけなんだが……。

しかし、そんな俺の感情の高ぶりは、空に浮かぶ九頭竜《くずりゅう》が……その見た目だけで一瞬にして打ち砕いてくれたらしい。

なにしろ、昼間だというのにこの暗闇だ。

まるで光の差し込まぬ、地下洞窟にでもいるように錯覚してしまうような現況。

それはつまり、九頭竜の胴体が、地域全体に降り注ぐ太陽光を完全に遮断していることを意味している。まあ、恐ろしいスケール感なんだが、それもそのはず……なにしろ九頭竜は――

――幅にして三百キロメートル。

――全長にして一万キロメートル。

そんな規格外の巨体を誇っているわけだ。

で、実物を見ると、まったくもってため息しか出てこない。

いや……本当にどんだけデカいんだよ？

地平線まで続いている天井っていう表現が適切なんだが……まあ、自分でも何言ってるかマジで意味分かんねえ。

しかも、目に届く範囲だけでソレってことだから、これでも九頭竜の全容のほとんどが見えてないわけだ。

っていうか、もはやこれは生物という括《くく》りを撤廃した方が良いレベルのサイズだな。

まあ、サイズ感覚でいうと、そこらの怪獣映画なんかのレベルは遥《はる》かに凌駕《りょうが》しているのは間違いない。

「で、どうなのじゃエフタル？」

九頭竜を実際に目の当たりにして、サーシャの頬《ほお》に冷や汗が一筋流れる。

どうにも、さすがのこいつも九頭竜のド迫力のスケールには、いくばくかの恐怖を抱いたらしい。

「どうって……何のことだ？」

「バルタザールをどうやって倒すつもりなのかと聞いておる」

さて……どう答えるべきか。

が、結局はこう答えるしかないんだろう。

そう思い、素直にプランを述べることにした。

「……九頭竜そのものは絶対に倒せない。なら、要は……全員で九頭竜を操ってるバルタザールってのをボコボコにすりゃあ良いんだろ？」

「うむ、それで？」

「で、ボコったその後で、転生者であり魔術精通者でもある俺が、マリアの代わりに九頭竜の核になる」

と、そこまで言ったところで、俺は肩をすくめて言葉を続けた。

「そうすりゃあ、バルタザールから操縦桿《そうじゅうかん》を奪った形になって九頭竜を緊急停止……そこでミッション終了だ」

つっても、九頭竜の核になるってことは、俺にとってありがたい話ではない。

なんせ、それって人柱みたいなもんだからな。

核となってしまったあと、俺がどうなってしまうかは不明な事項だ。

女神の話を総合すると、核ってのは要は九頭竜の延髄だか脊髄のようなもので、中で魔力操作をすれば不随状態に追い込むことができる。

で、俺は核として、九頭竜停止のために魔力操作をやり続けなくてはいけないって感じだった。

そして、理屈から考えると、その期限は恐らくは九頭竜の肉体が朽ち果てるまで。

無論、その間の数百年か数千年か――あるいは数万年か、それ以上ってところかな。

そもそも俺の自我がそこまでもつかも分からんが、とにかく超長期間一切の身動きが取れなくなる。

まあ、そこについては覚悟も決めたし、選択の余地がない状況だから仕方ない。

いくらなんでも、こんなデカブツ相手にしてドンパチはできねーしな。

「じゃから、そこが問題なのじゃよ。前提となるバルタザールの排除をどうするつもりなのじゃ？　我はそこを聞いておる」

まあ、ここは絶対にツッコミを入れられると思っていた部分ではある。

なので、やっぱりここも素直にプランを述べるしかないだろう。

「ああ、そこは問題が山積みだ。後段の緊急停止については問題なさそうだが、師匠の言う通りに……前提となるバルタザールをボコるってのが難しい」

「うむ。相手は我ら全員が束になってもかなわぬような、全てを超越した魔術師という触れ込みじゃからな」

「まあ、実際問題そうだよな。九頭竜なんて……あんなシロモノを召喚するくらいなんだから」

「そのとおりじゃ」

サーシャが頷いたところで、俺たちは空をマジマジと眺めて息を呑《の》む。

――しかし本当に……何だこれは？

改めて思うが、地平線まで天井が広がっているって……マジでスケールがデカすぎて意味が分かんねえ。

「……」

「……」

「……」

「……」

しばしの沈黙が流れ、サーシャは俺に向けて「フン」と鼻を鳴らした。

「お主、先ほど……バルタザールと言えど、殴れば血が出る。血が出るなら倒せるなどと……そんな風にうそぶいておったよな？」

サーシャが俺に向け、一歩近づいてきた。

そしてそのまま足を止めず、今にも胸倉を摑《つか》まんばかりに歩み寄ってくる。

そうして、サーシャは詰問するような鋭い口調で、俺に疑問を投げかけてきた。

「で、具体的にはどうするつもりなのじゃ？　まさかノープランでこのまま全員で仲良く突撃するってわけではあるまい？」

「ええとな師匠……非常に言いにくいことなんだが……」

「……ふむ？」

「プランについては、今から考えるという形になる」

「お主っ……！　あれだけ偉そうに言っておいて……っ！」

呆《あき》れが半分、怒りが半分といった感。

サーシャがそんな表情を作ったところで、炎神皇《クリフ》がクスクスと笑い始めた。

「まあまあ不死皇、そんなに目くじらを立てなくても良いじゃありませんか」

「ん？　どういうことじゃ小童《こわっぱ》？」

サーシャの問いかけに炎神皇《クリフ》の代わりに氷神皇《アイザック》が応じた。

「エフタルは……昔から絶体絶命の時はこんな感じなんですよ」

「……うぬ？」

「ええと、どう言えば良いでしょうかね。修業時代に不死皇のところにいる時は、エフタルは絶体絶命の状況にはそうは遭遇しなかったでしょう？」

「まあ、それは確かにそうじゃな」

「むこうみずに危ない案件に顔を突っ込んでは、絶体絶命に陥る。まあ、私たちにとってエフタルといえばそういう奴《やつ》なんですよ」

「ふむ」

小さく頷くサーシャ。

そして今度は氷神皇《アイザック》の代わりに炎神皇《クリフ》が口を開いた。

「だから、大丈夫なんです」

「……何をどうすれば、それが大丈夫になるのじゃ？」

サーシャの反応も頷ける。

俺がサーシャだったとしたら、そんなの不安以外の何物でもない。

「絶体絶命に身を置いた場合、事態が進むにつれて不思議といつの間にかエフタルのペースになるんですよ」

「馬鹿弟子のペースに？」

「はい。ぶっつけ本番でその場で何でも考えて、それが何故《なぜ》か百パーセントハマってしまう……本当に不思議なんですが」

「……つまりはそれは、ただの出たとこ勝負じゃろう？　ただ単に運が良かっただけの話ではないのか？」

「そう結論をつけるには、あまりにも成功事例が多いんですよ。僕はこの現象について、本能と理性の共存と自分の中で結論づけています」

「本能と理性の共存……？」

「ええ、エフタルは確かに感情優先で突っ走ってしまうんですが、その実、頭のどこかでは冷静な分析が行われているフシがあります。故に、後から出てくるアイデアで、いつの間にか何とかなってしまうんです」

「にわかには信じがたい話じゃが……」

「言い換えるのであれば、感情だけで動いている風に見えて、実はエフタルは——何だかんだで勝てる喧嘩《けんか》しかしないってことなんですよ」

「ふーむ……。色々とツッコミどころ満載な話じゃが……こやつには確かにそんなフシはある」

と、まあ——。

そんな感じで、俺の眼前では三人がそんな話をしているわけだ。

それはさておき、話の内容には全く関係なく、俺には一つ気になったことがある。

それはつまり「こいつらはサーシャには敬語なんだな」ということ。

いや、まあ……普通にサーシャに対して、俺がタメ口ってのがアレなだけなんだけどな。

「で、エフタルよ。生憎《あいにく》じゃが今回については考えている暇はほとんどないと思うぞ？　なんせ敵はすぐそこにおるわけじゃしの」

「いや、案はいくつか整った。ハッキリとは断言できない部分は多々あるんだが……」

と、俺がそう切り出すと、驚いたようにサーシャは目を見開いた。

「お主……この短時間で本当に策を思いついたと？　さっきの今じゃぞ？」

「まあ、そうなるな」

いや、思いついちまったんだから仕方がない。

で、炎神皇《クリフ》と氷神皇《アイザック》も「ほらね」という風に苦笑している。

「これは確かに小童どもの言う通りかもしれん。それで具体的にはどうするのじゃ？」

「まず、このまま無策で突撃をしかけてもバルタザールには勝てないだろう」

「それで勝てる相手なら策などいらん。そのまま突撃すりゃあいい話じゃからの」

「ああ、その前提で話をしよう」

俺の言葉に、サーシャは大きく頷《うなず》き同意した。

「うむ、話を続けるが良い」

「少し冷静になってみれば……実は手持ちだけでやりようはいくらでもあるんだよ」

「ふむ？」

小首を傾《かし》げるサーシャに、俺はニカリと笑ってこう言った。

「まず、サーシャとクリフには隠し玉があるわけだろう？」

そう言うと、サーシャは傾げた小首を更に傾げる。

「赤髪の小童についてては良く分からんが、我に隠し玉……とな？」

「あるだろうよ、サーシャのライフワークであるところの世界魔法陣だ」

「……世界魔法陣？　まさかアレを……使うのかえ？」

キョトンとした表情を作るサーシャ。

そして、しばし何かを考えて、「いや……不可能じゃ」と、サーシャは首を左右に振った。

「この状況で出し惜しみするとは言わせねえぞ？」

更にしばし何かを考え、サーシャは頬を膨らませる。

「確かに、そもそもからして世界魔法陣はこういう時のために用意しておいたものじゃ」

「だろ？　だったらここで使わずにいつ使うんだよ」

「使うこと自体は構わぬ」

「良し、言質《げんち》は取ったぞ。遠慮なく使わせてもらうからな」

「しかしアレには使用条件が……それが故に不可能じゃと言うておる」

そこで俺は「皆まで言うな」とばかりにサーシャを掌《てのひら》で制した。

「条件設定がエゲつないのは知ってる。だからこそクリフの時は使わなかったわけだしな」

「つまりは……使えるように場を整えると？」

「そこについては考え中なんだが、まあ何とかなるだろう」

「実際に使えるかどうかは話半分に聞くとして――確かに世界魔法陣はバルタザールのような輩《やから》にこそ有効ではあるな」

「だろ？　だがしかし、バルタザールってのが実際にどこまでの力を持っているのかも、本当のところはよく分からん」

そのまま俺は数歩歩いて、ポンと炎神皇《クリフ》の肩を叩《たた》いた。

「そこで相談なんだが……クリフよ」

「ん？　世界魔法陣とか隠し玉とか、良く分からない会話をしていると思えば……僕に何をさせようって言うんだい？」

「氷結地獄《コキュートス》……通称：魔術師の墓場については知っているな？」

その言葉で炎神皇《クリフ》はピクリと耳を動かした。

「知っているも何も……」

炎神皇《クリフ》はやれやれだとばかりに肩をすくめる。

それに応じるように、俺も小さく首肯する。

「そう、俺が叩き潰したお前の計画の……最終段階に出てくるはずだった不死者の兵団だよ」

「超難易度の古代迷宮。そして、当然、そこにあるはずの古代の高位魔術師の死体を再利用するって計画だよね」

「ああ、そこにいる古代の魔術師の死体を使えば、レベル9……いや、レベル10魔法すらも扱う凄腕《すごうで》の不死者の魔法使いが量産できるってことだ」

「ただし、不死者の魔術師……リッチー軍団を量産するには骨が折れる。だからこそ、僕はそれをする前に君に対峙《たいじ》し、そして敗れたわけだよね？」

自嘲気味に「フッ」と笑みを浮かべる炎神皇《クリフ》。

そこに被《かぶ》せて俺も精一杯の明るい笑みを浮かべ、炎神皇《クリフ》の肩をポンと叩いた。

「まあ、つまりはそういうことだ」

「え？　つまりはどういうことだい？」

「……」

「……」

「……」

「……」

「……そういうことだ」

と、まあ――。

シレっと当たり前のように無茶振《むちゃぶ》りしてみたわけだ。

だが、はたして炎神皇《クリフ》はどう出るだろうか。

「本気で言っているのかいエフタル？」

「この状況で、まさか冗談を言うとでも思ってるのか？」

「いや、準備が足りなかったからこそ、君たちとの戦争では使えなかった術式なんだよ？」

「俺との戦争では、それを使えずに敗北したわけだろ？　だったら、今回はキッチリ使って勝とうって話だよ」

そう言うと、炎神皇《クリフ》は「呆れた……」とばかりに口を開いた。

そして、顔を渋くすると共に、炎神皇《クリフ》は中指で額をコンコンと叩き、何やら考え始めたようだ。

「本当に無茶苦茶だね君は……」

「それについては何を今更としか返答はできねーな。だって俺は昔からこうなんだから」

「僕としては協力にやぶさかではないんだよ。結果的にそれがブリジットを救うことにつながるならね」

どこまでいっても、妹のため。

そこについては、やっぱりコイツはブレないな。

と、そこで炎神皇《クリフ》は俺の顔に視線を向け、キッと射貫《いぬ》くように視線をぶつけてきた。

「で、どうするんだい？　大量アンデッド召喚術式は、準備期間があった前回ですら不可能だった。素体もないし、材料も絶望的に足りない。気合いと気持ちだけで、僕は無茶を通せないよ？」

「材料……主なところでは冥界の宝珠だったか？　それを今から必要量手に入れるってのは不可能。ここについては動かせない事実だな」

「……話にならないね。肝心要の一番大事なピースが抜けている」

「はは、いやいや謙遜するなよクリフ」

「謙遜？」

大きく頷くと同時、俺は炎神皇《クリフ》の背中をバシンと叩く。

続けて、俺は小走りでサーシャに近寄り、今度はサーシャの背中をバシンと叩いた。

「サーシャにクリフ。ここに稀代《きたい》の不死の専門家が二人もいるわけだろ？」

「……？」

「まさかお前等《ら》二人が雁首揃《がんくびそろ》えて、屍霊術《しれいじゅつ》関係で不可能なんてあるわけがないだろう？」

突然に話を振られたサーシャは、露骨に不満げな表情を浮かべる。

「いや、お主……もう本当に無茶苦茶言っておるな」

続けて、俺は土公神皇《イタ－ム》と氷神皇《アイザック》に視線を送る。

そしてニヤリと笑いかけると、「こっちにもどんな無茶振りが……」とばかりに二人目を白黒させ始めた。

「見ての通りだクリフ。サーシャ以外にも、俺とアイザックとイタームという学者が……三人もいるわけだ」

そうして俺は、ウインクすると同時に言葉を続けた。

「ま、俺ら全員でかかれば何とかなんだろ？」

「エフタル。君って奴《やつ》は……」

困ったような顔をした炎神皇《クリフ》は、同じく無茶を振られたサーシャに顔を向ける。

そこでサーシャがクスっと笑ったのを見て、炎神皇《クリフ》は意外そうに眼《め》を見開いた。

「サーシャ様……ひょっとして乗り気なんですか？」

「まあそりゃあの。馬鹿弟子に煽《あお》られておる形……ここで逃げてはコケンにかかわるでな」

その言葉を聞いて、炎神皇《クリフ》は「おいおい勘弁してくれよ」という風な表情を作る。

「と、まあ……専門家の内の一人はそう言っているわけだクリフ。で、お前はできるのか？　できないのか？」

「召喚儀式をゼロから用意しろってことだよね？　こんな無茶を通せだなんて、エフタル……君は僕を何だと思っているんだい？」

「お前が何者かなんて、痛いくらいに知ってるよ」

「ん？　どういうことだい？」

「お前は掛け値なしの――」

そうして俺は、炎神皇《クリフ》の肩をバシンと叩いた。

「――天才だよ」

俺の言葉を受け、サーシャは声をあげて笑い、炎神皇《クリフ》は忌々し気に舌打ちをした。

「赤髪の小童《こわっぱ》よ。完全にお主の負けじゃ」

「まあ、そういうことみたいですね」

「それに、我が笑っとるのにも理由がある。馬鹿弟子の言っておる話も……あながち無理でもなく――」

と、サーシャが結論を言う前に、炎神皇《クリフ》は小さく頷いた。

「ええ、実際にギリギリで何とかできそうなラインをついてくるあたりが憎らしい限りです」

「左様。思い付きのようでいて、本当に丁度良いところにボールが飛んでくる感じじゃな」

と、カッカっと楽し気にサーシャが笑う。

良し、何の目途も立ってないのに安請け合いする連中でもないし……とりあえずこれについては何とかなりそうだ。

「しかしエフタル？」

「何だ師匠？」

「我の世界魔法陣にしても、リッチー軍団を作る魔術師の墓場にしても……さすがに今すぐに、この場で用意しろと言われても無理じゃぞ？」

「んなことは分かってる。さすがの俺もそこまでの無茶振りはしねえよ」

「それではどうするのじゃ……？　敵は……バルタザールはすぐそこにおるのじゃぞ？」

「ああ、それはな——」

と、その時、背後に気配を感じて、全員が一斉にその場で振り返った。

さすがにこのメンツだと、誰一人として反応が遅れる奴はいやしない。

コンマ以下の刹那の時間——。

その間に、既に全員が全員、即時に臨戦態勢に入っている。

炎神皇《クリフ》と俺に至っては既にレベル11の即時発動可能段階に入っていて、並みの相手なら飛んで火にいる夏の虫の状態だ。そして——


——俺たちは瞬時に臨戦態勢を解くことになる。


と、言うのも、そこに立っていたのは意外な人物だったからだ。

「ひょっとして……女神さんもバルタザール退治に一緒に行ってくれるつもりなのか？」

しかし、女神さんには、今生の別れみたいな感じで送り出された直後だからな。

まさか、その直後に再会するとは夢にも思っていなかった。

「いえ、そうではありません。この体を返さなくてはと……そう思いましてね」

「ああ、そりゃあ……ご親切にどうも」

まあ、考えてみればそれはそうか。

なんせ、女神さんはマーリンの体を依《よ》り代《しろ》にして、現世に干渉してるわけだからな。

体を返してくれないと、俺たちというかマーリンが普通に困る。

「ああ、せっかくですので……念のため伝えておきましょう」

「ん？　何の話だ？」

「何の役にも立っておらず心苦しいのですが、私が干渉できるのはここまでです」

「いや、あんたには十分助けてもらったよ」

「こちらとしては、本当に心苦しいのですがね」

「心苦しい？」

「実際のところ、貴方《あなた》がバルタザールを相手に勝ちを拾える可能性は、私が思うに限りなくゼロに近いのです」

「ゼロに近い……か。あんたの見立てではそんな感じなのか」

そう尋ねると、女神さんは申し訳なさそうに頷《うなず》いた。

「私の認識としては、万が一の可能性に賭けて、貴方を……ほとんど手助けもなく死地に送り出しているということに他なりません」

「なるほどな」

「……ここから先は私には事態を傍観することしかできませんが、どうかご武運を」

「……」

「……」

しばしの無言。

その後、少し考え、俺はペコリと女神に頭を下げた。

「どうしたのですかエフタル？」

「いや、アンタがどう思っていようが、十分にアンタには助けてもらっているよ。おかげで勝ち筋は見えたしな」

と、俺の言葉で女神はピクリと片眉を吊《つ》り上げる。

「勝ち筋が……見えた？　相手は……バルタザールですよ？」

「ああ、まだバルタザールに関する情報が少ないから断言できないが……それでも目星はついた」

「……目星？　何をどうするつもりなのですか？」

「そうだな……差しあたっては……」

そこで俺は魔法学院都市の外壁へと視線を向ける。

「差しあたっては……？」

「方法は非常にシンプル。簡単なことだ。つまり――」

そのまま、俺は都市内に続く入口へと歩を進めた。

「今から、俺が一人でバルタザールのところまで乗りこんでくる」

サイド：マリア

——漆黒。


そう表現するのが、最も適切な空間。

月明りや、星の光も何もない。

そんな黒一色の暗闇の中で、私は目を覚ますことになった。

前後上下の感覚は酷《ひど》く曖昧で——ただただ、重苦しい闇が私を包み込んでいる。

「でも、なんでこんなに……暗いの？」

疑問に思い——けれど、誰に尋ねるわけでもなくそう呟《つぶや》く。

すると、暗闇の向こうからバルタザールの声が聞こえてきた。

「九頭竜の体があまりにも大きすぎるからだ」

いつものとおりの余裕たっぷりの声色。

低く良く通る声が、暗闇に響いた。

「……？」

「日光を完全に遮り、この地に一切の光が届いていない……それだけのこと」

と、そこでパチリと指を鳴らす音が聞こえた。

すると、私の眼前に青白く、淡く輝く小さな光が現れる。

そして、瞬《まばた》きの時間の後――。

蛍のような小さな光は瞬時に増殖し、すぐさまに一面を照らす無数の光となった。

淡い明りを頼りに周囲の様子を窺《うかが》うと、どうやら私は建物の屋上にいるらしいことが分かった。

そこで、再度のパチリと指を鳴らす音。

バルタザールを中心に出現した蛍のほとんどは、それを合図に地表に降りていく。

そしてそのまま、そこかしこに縦横無尽に――水面《みなも》に広がる波紋のように地表を照らし広がった。

そうして気づけば、蛍の光は地平線の彼方《かなた》まで、淡く輝く光で完全に世界を満たしたのだ。

「流石《さすが》に、暗闇のみというのも味気がない」

バルタザールが起こした一連の奇跡の光景に私は絶句する。

「指を鳴らすだけで、見渡す限りの地平線までに……瞬時に光源を……？」

何しろ、指を鳴らしてから数秒もたっていないのだ。

術式の構築速度はもとより、地平線の遥《はる》か先まで効果を及ぼしている光魔法術式の規模。

これはもう、そのどちらも常識外れの桁違いとしか思えない。

そして、私の常識にはエフタルやサーシャ様も入っているわけで……あの二人を含めてもなお──。

私は、やはりバルタザールを規格外と認めざるを得ない。

「デタラメよ……こんなの……本当に……」

力なくそう呟く。

すると、バルタザールは「やれやれ」とばかりに肩をすくめた。

「何もおかしなことはないだろう。私はバルタザール……十賢人の知識と力の欠片《かけら》を持つ者なのだから。お前たちと私とではステージが違う」

「……」

まあ、今はともかく、状況確認が先決だよね。

そう思った私は、再度周囲の状況を窺おうとして、「あっ」と息を呑《の》んだ。

「これは……何？」

私の背中から、何かが生えていた。

ヌメヌメしたツタのような、あるいは触手のような──そんな何か。

そしてソレは九頭竜が所在する天に向かって、真っすぐに伸びていたんだ。

つまりは、九頭竜と私はつながって、既に私はその一部になっているようだ。

と、そこで私はようやく、自身の立場を虜囚の身であると、本当の意味で理解できたような気がした。

「何かと問われると、君と九頭竜をつなぐ物理的なリンクであるとしか回答のしようがないな」

「……そんなの見りゃあ分かるわ」

「顔色が悪いようだが、安心しろ。そのリンクは害があるものではない」

「でも……どうして私は九頭竜の内部には取り込まれていないわけ？」

古代魔術のことは分からない。

ましてや、生物兵器のことなんか、私には全然分からない。

でも、私の用途は召喚儀式の核だという。

そのことを考えた場合、直接的に九頭竜の内部に取り込まないのは明らかにおかしい。

今の状態は私と九頭竜を線でつないでいるだけで、少なくともこの状態よりは、内部に取り込んだほうが効率的だろうことは子供でも分かるわけで――。

「ああ、そのことか」

天井――。

いや、九頭竜を見上げながらバルタザールは言葉を続ける。

「九頭竜というのは、見たとおりに大きな生き物だろう？」

「私にはもはや……アレは生物には見えないけどね」

「まあ、アレはああいうナリをして繊細な兵器なんだよ」

「繊細……？」

「そのとおり。今すぐにお前の全てを九頭竜に取り込ませるには、召喚されたばかりの九頭竜はあまりにも不安定だ」

「……」

「ともかく今すぐにお前を取り込み完全に覚醒させてしまうと、アレは無秩序に世界を壊してしまうのだよ。それは非常によくない」

まあコイツの言わんとすることは分かる。

コイツの目的はあくまでも文明の崩壊であって、根絶やしではない。

だって、人間がいなくなれば、十賢人の研究対象である現地の知的生物がいなくなるんだからね。

だから、コイツにとっては全ての生命のリセットを避けるのだけは、絶対に達成しなければならない最優先事項だ。

「いくらアンタでもさすがに九頭竜は手に余ると……そういうこと？」

「そう。だからこそ、私はお前の意志も尊重したのだよ。お前については洗脳なりの他の方法も無いことはないが……九頭竜を御すには、核の自由意志によるこの方法が一番失敗が無いのでな」

と、そこで私は、ずっと気になっていたことをバルタザールに尋ねてみた。

「この建物は……何？」

周囲が光に満たされて、周りの様子が見えた時からの疑問だったんだけど——。

今、この場所の屋上の光景。

これが魔術学会の外観のソレ……というか、現代の建築様式のソレではないことは見た瞬間に分かった。

建物を構築しているフォルムは、滑らかなものはどこまでも滑らか。

そして、直角なものはどこまでも直角だ。

屋上を覆っている床についても、凸も凹も一つもない、完全な平面の一枚板のようなもので……。

こんなものを作り上げるような技術は、私の知る限りはこの世界には存在しない。

この床を作る技術を一つとっても驚天動地なのだろうけど、私が不思議に思っている部分の本質はそこではない。

先ほどまで、私たちは確かに魔術学会本部にいたはずだ。

けれど、今はわけの分からない建物の屋上にいる。

そもそも九頭竜召喚の際に、魔術学会本部の建物は吹き飛ばされているはずなんだ。

だから、この場所に、建物があることからしておかしい。

「ああ。魔術学会本部建物と挿《す》げ替《か》えさせてもらった」

「挿げ替える……？」

「お前が見ているモノは、古代魔法文明当時の建物でな」

「古代文明……当時の建物？」

「最低限の研究施設と、そして何より、十賢人が快適に暮らすことが可能な居所としての機能を有している」

「ちょ……何言ってんの？　そんなのおかしいじゃない」

「ふむ？　おかしなことだと？」

「いや、それってとんでもない昔の話でしょ？　そんな建物が残っているはずが……」

「建物を保存して、そして出現させる。種を明かせば、これはただの次元転移魔法の応用だよ」

「……？」

「規模の違いこそあれ、これは古代魔法文明ではそれほど珍しい技術ではない」

いや、珍しい技術ではないと言われても……。

家屋敷を持ち運びできるような技術を当然とか言われても、さすがにこちらとしては何一つ理解できない。

「まあ無論、制限はあるがね」

「……制限？」

「無制限というわけではなく、周囲を更地にする必要があるわけだ。九頭竜出現の余波で更地になったのは、この建物とほぼ同じ大きさの一キロ半径となる。十賢人でもあるまいし、建物のある場所に新たに建物をねじ込むようなマネは……さすがにできん」

と、なると十賢人であれば、そんな無茶《むちゃ》も可能であると。

やっぱり、こいつらは規格外中の規格外で……私たちなんかじゃ到底かなわない。

「ところで純粋な疑問なんだけど、その次元転移魔法って……魔法のレベルにしていくつくらいなの？」

「これは魔法というよりは技術だな」

「……？」

「魔法と科学の融合であり、レベルに換算するようなものではないし、換算できるものでもない」

「まあ良いわ。ところで……私の話にはまだ付き合ってくれるのかしら？」

「ああ、構わん」

と、そこで私は一番知りたかったことについて切り出してみた。

「いつ、世界中の人間を間引くつもりなの？」

私の問いかけに、ほとんど時間を置かずにバルタザールは即答する。

「二か月といったところか」

「二か月？」

「ああ」と頷《うなず》き、バルタザールは言葉を続ける。

「それが、お前の体に九頭竜が馴染《なじ》むのに必要な期間だからな」

「ほんの少しでも……その時を遅らせるってことはできないの？」

無理とは分かっている問いかけではある。

けれど、コトがコトだけに問いかけずにはいられない。

と、それを聞いたバルタザールは遠い目をして、天の九頭竜に視線を送った。

「力無き者の願いとは、すなわち強者の戯れによってのみ実現するものだ」

「何が言いたいの？」

「生憎《あいにく》と、私はお前に対し戯れの情けをかけるつもりはないのでな」

「……」

「お前と私とでは――生物としてのステージが違う。私は十賢人により、人を超越した力を与えられた高次元の生命なのでな」

しかし、気に食わないわね。

何が気に食わないかって言うと、一番に腹が立つのは、バルタザールの言葉はどこまでも正しいってことだ。

実際に、コイツの言う通りに、私には発言権なんてない。

事実、この場では私はただの弱者でしかないんだから、それは当たり前だ。

と、そこで私は首を左右に振った。

いや……。

そもそも、この場に限らず私の人生で、ただの一度でも、私が強者であったことなんてあるだろうか？

エフタルと出会うまでは、自分が優秀だと勘違いしてただただ空回りの毎日だった。

そしてエフタルと出会ってからは、強者の庇護《ひご》の下で……学生という弱者の鳥かごの中でハシャギ回っていただけ。

強くあろう。あるいは、強くなろう。

そう思って我武者羅《がむしゃら》にやってきたことは事実だし、そのことまでは否定はしない。

けれど、やっぱり、私はただの弱者だ。

エフタルに魔法を教えてもらっても、どれだけ頑張っても……。

いつも、いつでも、いつだって。

体を張って、私を守っていたのはアイツだった。

けれど、私は、まともにアイツの役に立ったことなんてない。

結局のところ、私はアイツと出会ってからずっと……一貫してお荷物であったことは変わらない。

そう思うと、なんだかたまらなく悔しい気持ちになってきた。

それはバルタザールに対してではなく、ふがいない自分に対して――。

と、唇を固く引き結んだ私を見て、バルタザールはクスリと笑った。

「心配することはない。これでも私はお前を丁重に扱っている」

「どのあたりをもって丁重と言っているか……理解に苦しむわ」

「そうでなければ、お前の下らぬ質問なんぞに耳は傾けんよ。少なくとも、私は利用価値ある従順な下僕には、相応の餌を与えることにしているわけだ」

「下僕……ね」

「ともかく、お前自身が苦しむことは何もないことだけは約束してやろう。九頭竜とお前が真なる融合をした瞬間からお前は意識を失い、ただ夢を見るだけだ。そして全てが終えた後、十賢人の手によって九頭竜もろともお前は地上から消え去り、お前は夢を見ながら無に還《かえ》る。ある意味では最も幸せな死の形とも言えよう」

「……」

「それに大破壊の際もお前はただ夢を見ているだけ。何も知らず感じず――罪悪感に苛《さいな》まれることもあるまい」

「……一つ聞きたいことがあるの」

「何かね？」

「ずっとずっと疑問だった。アンタ自身には罪悪感って奴《やつ》はあるの？」

　私の疑問は想定外だったようで、バルタザールは小さく小首を傾《かし》げる。

「私自身の罪悪感……か。考えたこともなかったな」

　そしてしばし、顎に手をやってバルタザールは考え込み始めた。

　そうして、バルタザールは「うん」と小さく頷いてこう言った。

「心に問いかけてみたが、罪悪感は全く感じていないようだな。少なくとも私自身の何らかの感情が……目標達成の障害となることはありえない」

「……アンタも人から生まれたんでしょう？　そこまで割り切れるもんなの？」

「既に私は人ではない。何度も言っているだろう？　お前等《ら》がごとき矮小《わいしょう》なる生命とはステージが違う。そして私は十賢人を迎え入れ、教えを受けて更なる高みに上がらねばならんのだ」

　どうにも、罪悪感がないとの言葉は本当らしい。

　実際に表情を見る限り、バルタザールは一切感情を乱している様子もなかった。

「……ホント、アンタを見てたら反吐《へど》が出るわ」

「分かってもらおうとも思わんが、お前もまた魔導を志す者なのだろう？」

「ええ、そうね。その立場として言わせてもらうと——」

と、私は吐き捨てるように言葉を続けた。

「——強くなるための道として、アンタの方法論が絶望的に間違えてるってことは分かる」

「ならば、後学のために視野を広げておいた方が良い。私の在り方もまた強さの一つだ」

「……少なくとも……私と私が尊敬する人はアンタのやり方は絶対に認めないけどね」

精一杯の反論とばかりに、バルタザールを睨《にら》みつける。

けれど、もちろんバルタザールには私の言葉が届いた様子はない。

まあ、そりゃあそうだろう。

力なき者の言葉になんて、やっぱり何の意味も説得力もないんだから。

「お前が私を認めるか否かに何の意味がある？　お前が私に屈しているというこの事実が、私の正しさを十全に証明しているではないか」

「……」

本当に腹の立つ男ね。

でもやっぱり、言ってることは正しい。

だからこそ……やっぱり無性に腹が立つ。

「まあ、安心しろ。その時までは何があってもお前は私が守ってやる」

「アンタが……私を守るって？」

「ああ、私はお前を悪いようにはせん。この建物には備え付けの防衛システムがあってな……たとえこの世界中の全ての軍事力が結集したとしても突破は不可能だ。九頭竜の出現で世界各国がどう出るかは分からんが、この世の全てから……私が全力でお前を守ってやろう」

と、その時――。

私の背後で、突如として巨大な魔力が出現した。

そして、私とバルタザールは、ほとんど同時に後方を向いた。

「あ……」

その影を見た瞬間、私の心の中では相反する二つの激情が衝突することになる。

一つは、「どうして来たの？」という怒りと悲しみの感情。

そしてもう一つは、「来てくれた」という感謝と喜びの感情。

けれど、そんな私の思いなんて、いつものようにアイツは全く歯牙にもかけない様子だ。

そして、やっぱり、いつものように余裕の表情を浮かべ、アイツはこちらに向けて悠然と歩いてくる。

「ご自慢の防衛システムだったか？　それはひょっとして……」

そうして、エフタルは刀を鞘《さや》に納めながら、言葉を続けた。

「道すがら、俺が切りまくった機械仕掛けのガラクタのことか？」

言葉を受けたバルタザールも余裕の表情を浮かべて、エフタルに応じる。

「何故《なぜ》に九頭竜出現の余波から逃げ延びられたかは分からんが……それにしても……」

そのまま、バルタザールはエフタルに向けて両手を広げ、迎え入れるような姿勢を作った。

「まさか九頭竜の出現を目の当たりにし、ノータイムで乗り込んで来るとは思わなかったぞ、雷神皇《エフタル》」

「ともかく……挨拶くらいはしておいたほうが良いだろうな」

そうしてエフタルは、バルタザールに向けてニヤリと微笑を浮かべた。

「初めまして、クソ野郎《バルタザール》」

サイド：マーリン

サーシャ様の話を聞いて、素直に驚いた。

それもそのはず、どうやら私は転生の女神の依《よ》り代《しろ》となっていたらしい。

この時点で既に驚天動地なのだが、それ以上に驚くことがあった。

何せ、意識を取り戻した私の眼前には、とんでもない方々のお姿があったのだ。

まず、私の眼前に飛び込んできたのは仇敵《きゅうてき》の炎神皇《クリフ》様だ。

更に、その横には、記憶の彼方《かなた》にあったお姿そのままの――


――氷神皇《アイザック》様だった。


しかもサーシャ様が言うには……最後のもう一人は土公神皇《イタール》様だというではないか。

私も長い時を生きたとは思う。

が、さすがに今日ほど驚いた日もない。

もしも、エフタル様との再会という、似たような前例を経験していなかったと仮定するのであれば――。

そうであれば、私はこの場で、尻もち程度はついていた自信がある。

と、その時、衝撃のあまりにフリーズしていた私に、氷神皇様《アイザック》がお声をかけてくださったのだ。

「まさかあんなに小さかったマーリンがこんなに美しく育っているとはね」

リップサービスとはいえ、成長した姿を褒められるのは悪い気はしないものだ。

「お褒めにあずかり光栄です」

「しかし、エフタルも隅にはおけないな」

「隅におけないとおっしゃると？」

そう尋ねると、何故か悔し気に氷神皇様《アイザック》は肩をすくめた。

「奥さんも美人だし……ね」

「ええ、確かにブリジット様は美しいお方でした」

「それにマーリン。立っているだけで分かる研ぎ澄まされた魔力の流れ——エフタルは本当に良い弟子を持ったようだ」

「あ、あの……アイザック様」

「ん？　どうしたのだね、マーリン？」

「そのようなお言葉は……止《や》めてください」

しかし、いかんな。

すぐに頬《ほお》が熱くなり、胸が高鳴っているのが自分で分かった。

これについてもリップサービスだとは分かっている。

が、この御仁に、容姿と魔術を褒められるのではワケが違う。

なんせ、氷神皇《アイザック》様とは面識もあるし、子供の時には良くしてもらったことは昨日のように覚えている。

あの頃も……そして今も。

変わらずに、初代四皇と言えば私にとっては天上人と同義。

そんな氷神皇《アイザック》様に魔術を褒められたとあれば……私の胸が浮ついてしまうのは仕方のないことだろう。

「私にとって貴方《あなた》たち初代四皇は師であるエフタル様と同格。そんな貴方にお褒めの言葉を頂くと……どうにも心が浮ついてしまい……修業の身には良くありません」

「なるほど。君はストイックに自己を管理するタイプのようだね」

「はい、まだまだ私は未熟も良いところですから」

そう応じると、氷神皇《アイザック》様は満足そうに頷《うなず》いた。

「時にサーシャ様？　先ほど説明頂いたバルタザールとの対峙《たいじ》の話ですが……」

「うぬ？　なんじゃ孫弟子よ」

「魔術師の墓場で集めた素体を基にする、超大規模屍霊術《しれいじゅつ》儀式の行使によるリッチーの軍団の作成については分かるのです」

「まあ、そこについては、物凄《ものすご》く分かりやすい戦力強化じゃしの」

「そこで質問です。世界魔法陣とは……何のことなのでしょうか？」

世間一般的に、私は戦闘専門の魔術師として知られている。

けれど、暴れん坊のエフタル様ですらも、実は学者肌の一面を持っていたりするわけだ。

そして当然、弟子の私もまた、その系譜を色濃く受け継いでいる。

つまり、魔法座学には明るいという自負はある。

しかし……今回の世界魔法陣とやらは、そんな私がこれまで聞いたことのない魔法陣の名前だ。

「ああ、そのことじゃが……」

と、サーシャ様は周囲に目配せした。

すると、炎神皇《クリフ》様と土公神皇《イターム》様、そして氷神皇《アイザック》様は揃《そろ》ってコクリと小さく頷いた。

「まあ、普通に考えてこの小娘も重要な戦力よな。聞かせてやろう」

そういうと、サーシャ様は神妙な面持ちを作る。

それを受け、私はゴクリと唾を呑《の》んだ。

フザけた態度や言動の多いサーシャ様からすると、珍しく真剣な眼差《まなざ》し。

なんというか……圧があるとでも表現すれば良いのだろうか。

　ともかく、私はサーシャ様の眼差しに気圧《けお》されてしまった。

「つまり世界魔法陣とはな、我が作り出した究極のデバフ術式じゃ」

「デバフ？　それは……弱体化魔法のことでしょうか？」

「弱体化魔法以外のデバフがあれば、我が教えてほしいくらいじゃの」

「……どういうことなのでしょうか？」

「うむ、身もふたもない言い方をすると……バルタザールってめちゃくちゃ強いじゃろ？」

「ええ、実際に手を合わせた限りで言うと……私では子供扱いでしたね。レベル12の領域に達しているという話も、あながち嘘《うそ》とも思えません」

「じゃからこその、弱体化魔法じゃ」

「と、おっしゃいますと？」

「まともにやっても勝てぬのであれば――」

　そしてサーシャ様はしばし押し黙り、軽く息を吸い込んでからこう言葉を続けたのだ。

「――まともにやるほうが馬鹿じゃろ？」

　確かにそれは道理だと、私は小さく頷いた。

「しかし、世界魔法陣とは……これはまた大げさな名称ですね」

私の問いかけに、サーシャ様はニカリと笑う。

「いや、この場合は大げさでも何でもないのじゃ」

「と、おっしゃいますと？　まさかサーシャ様が世界中を股にかけて歩き回り、本当に魔法陣を大地に描いたわけではないでしょうに？」

「じゃから言っておるじゃろう？　世界魔法陣とな」

「……まさか、本当に世界中に魔法陣を描いたのですか？」

サーシャ様から発せられる、射貫《いぬ》くような圧の籠った視線。

目力で私を気圧しながら、サーシャ様はピシャリと言い放った。

「うむ。正確にいうなれば、この大陸全域をキャンバスとして描かれた魔法陣じゃ」

魔法陣を構成する幾何学文様の線の総数は、単純なものでも数十という本数になる。

それを魔力と術式を込めながら、大陸の端から端まで描きながら歩くとなると……。

「……どれだけ時間があっても足りないのでは？」

「うむ、良く覚えておらんが数百年はかかったかの。チマチマチマチマ……暇を見つけては世界各地に出向き、魔法陣を描き歩いた。まぁ確かに気の遠くなるような時間がかかったのじゃ」

「数百年……ですか？」

「そもそもじゃな、我は……十賢人とやらについては色々と思うところがあるのじゃ」

「ええ」と相槌《あいづち》を打ってから、私は小さく頷いた。

「何しろ、星食いと呼ばれる宇宙的厄災ですからね。現地の知的生命体……つまりは亜人も含めたこの星の全人類からすると、その存在はたまったものではないでしょう」

私の言葉を受け、サーシャ様は「分かっておらん」とばかりに渋い表情を作った。

「五十点じゃな」

「五十点？」

「お主の言っておることも正しいが、この場合の問題の本質はそこではない」

「はてな？」とサーシャ様の言に小首を傾《かし》げざるを得ない。

現地人類の命を弄ぶという十賢人の所業……その問題の本質がそこではないと？

サーシャ様は、そのようにおっしゃっているのか？

「では、それ以外の本質とはどのようなことなのでしょうか？」

「うむ」と頷き、サーシャ様は忌々し気に呟《つぶや》いた。

「我より強いとか……そんなのムカつくじゃろ？」

「……は？」

「いや、じゃから、我より強いとかムカつくじゃろ？　腹立つじゃろ？　むしろ、腹立って仕方ないじゃろっ⁉」

そう言い放つと、サーシャ様はその場で地団駄を踏み始めた。

そして私の目の前では、信じがたい光景が繰り広げられることになる。

それはつまり子供のように地団駄を踏んで悔しがる、御年千歳以上にして、地上最強の魔術師としても名高い――


――男の娘《こ》の姿だ。


そんな、あまりにも濃い光景に、ただただ私は絶句せざるを得ない。

と、いうか衝撃的過ぎて、私は思わずフラリとその場で倒れそうになる。

「つまりじゃの。最強と言えば、我じゃろ？」

「ええ、それはまあ、確かに世界最強の有力候補ではありますね」

「ま、百歩譲って――あの馬鹿弟子が最強というならギリギリ認めんことはない。が……しかし、実際に弟子が最強となった場合、それでもどうかなと思っておるというか、仮にそうなった場合、普通にムカっとはくるわの？」

「……は？」

「いや、そもそもそいつの師匠は我じゃろと……そうなるじゃろ？」

「……それで？」

「弟子でもムカつくというのに……それを十賢人じゃと？　我の息もかかっておらん奴《やつ》らじゃぞ？　ポっと出のワケ分からん奴らじゃぞ？　そんなのが最強とか……ほんっとうに腹が立つのじゃ！」

「……なるほど」

「じゃから、我は時間をかけて、奴らを我の次元にまで引きずり落とすような、そんなデバフの術式を組んだのじゃ！　世界中の大地をキャンバスに、ネチっこく我の呪詛《じゅそ》と怨念をぶちこんで……数百年かけての！」

本当に子供のような仕草と理屈だ。

ここまでストレートに見苦しい理屈を並べられては、私としても呆《あき》れて苦笑するしかない。

と、そこまで考えて、私の中でストンと腑《ふ》に落ちることがあった。

エフタル様もまた、ある意味ではサーシャ様と同じく「子供のままに」大人になっている。

そうなのだ。

根っこのところの本質は、二人とも何も変わらない。

その事実に思い当たり、同時に私は納得してしまった。

――やはり私は最強を目指す器ではない。

と、いうのも私は十賢人の話を聞いた時に、それはただの神話の類としか思わなかった。あるいはバルタザールと相対したあの時、早々に私は闘争から逃亡へと方針を切り替えた。

それはつまり、自分の手に負える相手、あるいは手の届く存在ではないと早々に見切りをつけたのだ。

事実として、バルタザールや、ましてや十賢人には勝てる気はしないし、足元にも及ばないと私は諦めてしまっている。

それが故に、私には到底アレ等《ら》の規格外を相手にして「自分よりも強い」と悔しさを抱いたり、憤りを覚えたりする気にはなれない。そして、それこそが――

――私の器の限界とも言える。

最強を目指す武人としての心構えが、私とお二人ではあまりにも違い過ぎる。

それはかつて、エフタル様との再会の時にマザマザと見せつけられた『強さを求める気持ち』の違いでもあるのだが……。

「ぬ？　何を笑っておるのじゃマーリン？」

「いえ何でもありませんよ。ただ――」

「ただ？」

「私の師がエフタル様で、その師がサーシャ様で良かったなと……」

「……何を言っておるのじゃお主は？　何か変なモノでも食べたのかえ？」

「変なものは食べていませんが、そんなお二人を裏方として支えていきたいと思ったのは本当です」

「……本当にどうしたのじゃお主は？」

「まあ、常人の神経と才能で、貴方《あなた》たちに付き合うのも中々に大変ということですね」

何だかんだで、私もまた一応は求道者の一人ではある。

そして、歩んできたこの道は、伊達《だて》や酔狂で耐えることのできるものではなかったとの自負もある。

本当であれば、今の私の心の境地――。

ある種、最強への道からのドロップアウトを完全に認めた、今この瞬間は……本来はいささかの感傷でも抱くべきなのであろう。

が、不思議なもので、悲哀も後悔も何もない。いっそのこと、すがすがしい気分でもある。

「エフタル様は魔法適性で痛く悩まれました」

「突然……何の話じゃ？」

「が、本来的には……生来の気質こそが、一番の最強への適性なのかもしれませんね」

「ほんに……さきほどからワケの分からぬことばかりを言うやつじゃ」

「数百年もかけて、自分より強い者を引きずり落とすような、そんな陰湿な魔法陣を大陸中に描き歩いたお方に言われたくはありません。そっちのほうがよほどワケが分かりませんよ」

実際、この人の執念というかなんというか……。

けれど、だからこそ、それが生来の才能という奴なのだろう。

「ところでサーシャ様？　古今東西、魔法陣によるデバフと言えば……」

するとサーシャ様は「皆まで言うな」とばかりに掌《てのひら》で私を制してきた。

「分かっておるわ。条件が非常に厳しい」

そう言うと、サーシャ様は顔の前に手をやり、指を二本立たせた。

「一つは場所、そしてもう一つは――」

「時間ですね」

「そのとおり。月の満ち欠けを利用した時限爆弾形式で、エリア全体に対する弱体化呪詛の範囲爆撃となるわけじゃ」

「……具体的な時間についてはどうなるのでしょうか？」

「天体の状況からして、直近で二週間後かの？　それもキッチリ正午からの一時間の限定となるわけじゃ」

「それはまた……ピンポイントですね」

「じゃから条件は厳しいと言うておろう。オマケに発動エリアについても事前に指定しておかねばならん」

「ちなみにですが、その時間とその場所に対象——この場合はバルタザールがいなければどうなります？」

そう尋ねると、サーシャ様はお手上げだとばかりに両手を挙げる。

「一回こっきりの一発勝負。失敗すれば数百年にわたる……我の苦労も水の泡じゃ」

「……なるほど」

「ま、ツボにはまれば効果は絶大なのじゃがの」

「けれど、サーシャ様……？　一発勝負でその条件は少し厳しすぎるのではないでしょうか？」

「まあ、レベルにすると13か14相当の術式じゃからのう……。汎用性を捨てた形でそれくらいの縛りがないと、さすがの我にも……その次元での効能は実現不可能じゃ」

またこの人は……サラっと、とんでもないことを言い出した。

エフタル様あたりなら「おいコラちょっと待て」と、サーシャ様の頭に一発ゲンコツを落とすのだろう。

勿論《もちろん》、生憎《あいにく》と私にはそんな度胸はないが。

「レベル……14ですか？」

「半生をかけ、我が根性と執念で世界中に刻み付けた魔法陣ぞ？　しかも、馬鹿ほどの制約の上でようやく成り立つ術式。むしろ――逆に大人しいくらいの効力じゃろ？」

普通に考えればレベル14など荒唐無稽な話ではある。

だが、サーシャ様のおっしゃることなので……。

まあ、そこにツッコミを入れるのは何を今更という感があるのは間違いない。

「サーシャ様。もしも他にも隠し玉があるなら……今回は本当に出し惜しみ無しでいきませんか？」

「いや、さすがの我も今回のコレで最後じゃ。これを出したら、後は正真正銘の出涸《でが》らしでスッカラカンといったところじゃな」

「……本当ですか？」

今までサラっと次々と出してきた前科もあるしな。

と、訝《いぶか》し気《げ》な私の視線を受けて、サーシャ様は唇でクチバシを作った。

「お主、我のことを何じゃと思っておる？　次から次に必殺の飛び道具を出すスーパーウーマンと思ってはおらんか？」

「いや、けれど……シレっと引き出しから何かを、パっと出してきそうではありますよね？」

あと、スーパーウーマンではなくて、スーパーマンなのだがな。

「ともかく、これで本当に打ち止めじゃ。本当に後は出涸らししか残っておらん。なので、まあ、そこに関して茶々を入れても仕方がない。

今回ばかりは……少しばかり焦っておってな」

「焦るとおっしゃると？」

「お主も分かっておるじゃろ？　世界魔法陣の欠点をな」

「時限爆弾形式というところですよね？」

「そのとおりじゃ。バルタザールは現状レベル12の魔法を扱うという触れ込みじゃろ？　そこを我のデバフが上手《うま》くハマれば奴は弱体化し、レベル10程度の魔法しか行使ができなくなるわけじゃ」

「……世界魔法陣の弱体効果は、使用可能な魔法難度を2も下げるわけですね」

背筋にゾクリと嫌な汗が流れる。

そうすると、私の場合であればレベル6までの魔法しか使えず――。

下手をすれば、アナスタシアあたりにすら敗北を喫するかもしれない。

そして「うむ」と言葉を発すると、サーシャ様は小さく頷《うなず》いた。

「文字通りの……必殺となるわけじゃな」

「そうなれば、後はよってたかって袋叩《ふくろだた》きにすれば良いわけですからね」

「うむ。何なら我やエフタルならば、タイマンでも勝てるわ。しかし、二週間後の正午に魔法学院都市に……バルタザールがいるというのが前提となるわけで、ここの確約を取るのが難しいわけじゃな」

「つまり、何らかの形でそうなるように仕向ける必要があると、そういうことですね」

「そのとおりじゃ」

なるほど……。

しかし、どうやってバルタザールの行動を操るというのだろう？

いや、そもそも我々という存在を、バルタザールは二週間も見逃してくれるのだろうか？

私は既にバルタザールとは一戦交えているし、エフタル様とサーシャ様に至っては、魔法学院都市そのものに殴り込みをかけたという話ではないか。

「時にサーシャ様？」

「ん？　何じゃ？　次から次に質問の多い奴じゃのう」

「エフタル様の姿が見えないのですが、どちらにいらっしゃるので？」

そう尋ねると、サーシャ様は暗い面持ちを作る。

そして、サーシャ様は魔法学院都市を指さした。

「中じゃ」

「……中とおっしゃると？」

「一人でバルタザールの下に向かったわ」

「……え？　それは……何のために？」

「考えがあるらしくてな。交渉でバルタザールをこちらの指定時刻に縛り付けるということらしい」

「え、いや、しかし……何故に一人で⁉」

「我が行けば、バルタザールが警戒して交渉が成立する可能性が低くなると……エフタルはそう言っておった」

「まあ、そこは確かに。世間一般的にはサーシャ様が人類最強の魔術師ということになっていますから」

そしてサーシャ様は、四皇の御三方《おさんかた》に視線を移した。

「この三人の復活についても、バルタザールは知らん。故に、こちらの手の内を晒《さら》さないように、現時点ではこやつらは表に出せんというわけじゃな」

「それも……確かにそうですね」

「なので、消去法でエフタル単独での交渉となるわけじゃ。後は、奴《やつ》の手腕次第といったところじゃろう」

「それは確かにそうなのですが……エフタル様が交渉を？　それもお一人で……敵陣に乗り込んでの話ですよね？」

しばし、私は顎に手をやりアレコレと思案する。

そして、思ったとおりの不安な気持ちを、素直に口に出してみた。

「それはつまり交渉事ではなく……殴り込みに行ったというほうが適切なのでは？」

サイド：エフタル

「だからエフタル……絶対に逆らっちゃダメ」

涙目になってそう懇願するマリアの顔を見て、俺は「分かった」と小さく頷いた。

まあ、現状を説明すると――。

今、俺とマリアは屋上の隅で二人きりで話をしているということになる。

何でこんなことになっているかというと、それはバルタザールが言い出した話となる。

と、いうのも、先刻、俺が屋上に辿《たど》り着いた瞬間にバルタザールが俺に提案をしてきたのだ。

曰《いわ》く、マリアと俺との面会を認めるということ。

それで本当に二人で話をさせてくれてるんだから、そりゃあ俺も面食らったもんだ。

が、まあ、考えてみればそれほどおかしくもない話で、このことから分かることが三点あるわけだ。

一つ目は、バルタザールが俺をとことんまで舐《な》め腐っていること。

なんせマリアについては、俺に対する人質になり得るのに二人きりにさせてんだから。

ここについては、俺からの反抗はおろか、二人での逃亡さえも確実にさせないっていう自信があるんだろう。

そして二つ目は、俺が転生の女神と邂逅《かいこう》したことを、バルタザールが知らないこと。

転生の女神もまた古代魔法文明の時代から生きる存在だ。

彼女の反乱を知っていれば、さすがにバルタザールもここまで俺に舐めた行動はとらずに警戒するだろう。

そうして、最後の三つ目。

これによって、バルタザールとの戦いの第一ラウンドでは、こちらの勝ちがほぼ決定したことになる。

それはつまり、奴が俺とマリアの面談を認めた理由そのものにある。

と、いうのもマリアの話を要約すると、冒頭の「バルタザールに逆らうな」という、この言葉に尽きる。

まあ、要はマリアの口から「如何《いか》にバルタザールが強大な存在か」を語らせることで、俺たちを屈服させにかかっているわけだ。

このことから分かるのは、バルタザールの狙いはあくまでもこちらの説得……あるいは恫喝《どうかつ》ということ。

そして、その一連の行動は、そっくりそのまま「今、この場で俺を殺《や》るつもりは欠片《かけら》もない」ということを、知らせることにもなっている。

と、すればこの場で俺のやるべきことは簡単だ。

――頭を下げるフリをして適当にあしらえば良い。

あとは敵情視察……と、そんなところだな。

バルタザールから、少しでも保有戦力の情報を引き出せれば御の字だろう。と、それはさておき――。

「一人で良く頑張ったな。大丈夫か？」

マリアのフォローも、大事なのは間違いない。

なんせ、小さい体で小さい肩を……こんなにも震わせているんだから。

「あんまり……大丈夫じゃないかな？」

「……」

何も言わずに、そっと頭を撫《な》でてからマリアを抱き寄せる。

すると、彼女は少し安心したように瞼《まぶた》を閉じてこちらに体を預けてきた。

「ありがとエフタル。少しだけど……震えも止まった」

「ともかく、大体の事情は分かった」

「うん……くれぐれも言っておくけど、アレには逆らっちゃダメだから」

「ともかく……奴と話をつけんとな」

そう言うと俺は、十メートルほど向こう側にいるバルタザールを睨《にら》みつけた。

「もう話は終わったのか？」

そして互いに向かい合い、俺たちは改めて相対することになった。そして――

――とんでもねえ化け物だ。

それがバルタザールと実際に対峙《たいじ》した上で抱いた、率直な感想だった。

だが、これは別に初めての経験というわけでもない。

と、いうのも若いころにサーシャに初めて会った時にも、俺は似たような感想を抱いたことがある。

そして、サーシャに対する「化け物」との感想は、圧倒的強者に対する尊敬の念を込めた「化け物」という意味合いだ。

だが、バルタザールに対する「化け物」という言葉は、軽蔑という言葉で表現するのが適切な感情を伴っている。

バルタザールの力は修練や努力によるものではなく、十賢人から、ただ力を与えられただけ。

俺がここまでバルタザールに対して、率直に「クソ野郎」と思うのは、根本的にそこが理由なんだろう。

それと、単純に……これでもかというくらいの余裕の表情が生理的に気に食わない。

と、腸《はらわた》が煮えくり返るような激情を抑えながら、俺は小さく息をついた。

「こちらの要求は単純だ。マリアを解放しろ」

と、そこでバルタザールは滑稽だという風に笑いだした。

「はは、ははははっ！」

「何がおかしい？」

「私はお前のことを世界最強の一角と思っていたのだが……最強というのは、ジョークの才能のことだったのかな？」

「ジョーク……だと？」

「こちらとそちらの戦力差についてはマリアの伝えた通りだ。まさか、私が弱者に対して譲歩をするとでも？　そんな無茶《むちゃ》な要求が通るとは思っていないだろう？」

「……」

「私とお前とでは生命体としてのステージが違う。まずはそれを正確に認識することだ」

なるほど……。

やはり、予想通りだ。

分かってはいたことだが、完全に舐め腐ってやがる。

と、そこで睨みつける俺の顔を見て、バルタザールは軽くため息をついた。

「どうにもお前には……教育が必要のようだな」

そう言うと、バルタザールは俺に向けて掌《てのひら》を掲げた。

掌には既に魔力が込められていて、何らかの魔法の術式は既に構築済みなように見える。

「……何をするつもりなんだ？」

俺としても初めて見るタイプの魔法だ。

見た感じ、攻撃系統の魔法ではないが……本当に何をするつもりなんだろうか。

「夢という形で知識を与える——記憶の矢だ。理解力の低い輩《やから》にはこうするのが一番早い」

そう言うや否《いな》や、猛烈な速度でバルタザールの掌から魔矢が放たれた。

そしてその速度のまま、俺に向かってくる魔矢。

回避、あるいは防御をしようと思えばできる。

が……ここは、回避行動は取らないのが正解だろう。

バルタザールが俺をこの場で殺す気、あるいは害する気がないことは最初から分かっている。

自ら手の内を晒すと言ってくれてるんだから、ここは乗っかっておくしかない。

――シュオン。

と、風切り音と共に、魔矢は俺の頭部を貫いた。

そして、その音と同時――俺の意識は暗転した。

☆★☆★☆★

時間にして、数分のブラックアウトだったようだ。

バルタザールが俺に見せた内容は、相当にショッキングなものであったことも事実。

だが、その内容の全てにおいて、俺が事前に想定したものを大きく上回るものではなかった。

いや……違うか。

とんでもない内容ばかりで絶望を覚えたが、どうにかこうにか喧嘩《けんか》のやり方の目途はついたって言い方が正しいかな。

まあ、結局のところは、俺が女神さんにタンカを切ったのと……大筋は何も変わらない。

つまり、バルタザールといえども、やはり血も流れるし殺すこともできる。

逆にそれが確信できたのが、今回の一番の収穫ともいえるだろう。

「……お前に逆らっても勝機がないことは良く分かった」

が、しかし、こちらの手駒はまだ何も整ってはいない。

ここは嘘《うそ》で乗り切る必要があるわけだが……はたして、バルタザールは俺の言葉に満足げに頷《うなず》いた。

「ようやく理解したようだな。お前はマリアの献身に感謝すべきだということを」

まあ、ここまでくれば……。

こちらとしても確信せざるを得ない。

っていうか、俺としてはあの手この手で情報を引き出す予定だったんだよな。

だが、まさか頼んでもないのに見せてくれるとは思わなかったわけで。

それの意味するところは単純だ。

つまり、喧嘩について、こいつは信じがたいレベルの――

――ズブの素人《しろうと》だということ。

まあ、圧倒的実力差があるのは事実で、そこは認めざるを得ない。

しかし、それは同時に、こいつにとっての致命的な欠点だとも言える。

それは強すぎるが故に……他の人間を敵とすら認識していないということだ。

と、いうよりも自身と同格以上の相手など、こいつは今まで出会ったことがないんだろう。

あるいは、今までの相手は全員が遥《はる》かに格下相手で、それこそアリをつぶすような雑なパワープレイだけで完封してきたんだろう。故に――

――情報戦という観点で既にボロ負けになっていることに気づいてすらいない。

そして、それがどれほどにヤバいことかについても、やっぱり気づいてない。

と、そこまで考えたところで、俺は心が折れたという風な弱々しい声色を装った。

「お前に従えば、俺たちの関係者は生き残ることができるんだな？　見逃してくれるんだな？」

三下の命乞いのような感じで、そう尋ねる。

　すると、バルタザールはやはり満足げに頷いて指を三本立たせた。

「三十名だ」

「……三十名？」

「去勢と避妊の処理は施すが、一代限りの生存は確約してやる。好きに選ぶが良い」

　しかし、エゲつないことを言ってくれているな。

　けれど、コイツには……恐らく自分が残酷なことを言っているような自覚すらないんだろう。

　人間でも犬猫のペットに、避妊手術を施したりすることもある。

　で……表情から察するに、こいつは完全にその感覚でモノを語っている。


　――生命としてのステージが違う。


　それはさっき、こいつ自身が言っていたことではある。

　そして実際に、こいつは人間を人間として……自分と同じ土台に立っている生物として、認識していない。

　まあ、だからこそ、こいつはここまで俺たちを舐《な》めてる。

　そして、だからこそ、俺たちみたいな野良犬に――足を噛《か》まれる羽目になることも分かっていない。

「しかし……疑問だったんだが質問しても良いか？」

「構わん。言ってみろ」

「現行の文明を破壊させた後、十賢人がこの星に降り立ったとして、奴隷は必要じゃないのか？　連中の生活の世話から、何から何までお前一人で手当てするわけにもいかんだろう？」

「ん？　お前の関係者を奴隷階級として……繁殖機能を保ったままに生存させろとでも言いたいのか？」

「可能であれば、良好な労働条件も願いたいところではあるんだがな」

「心配は無用だ。文明が崩壊した後でも、人類はそれなりの数が生き残る。奴隷の類はその中から私が選別するのでな」

「……なるほどな」

「私は、三十名をノアの箱舟に乗せる権利を与えるだけだ」

「お前の言い分は分かった。だがバルタザール……これだけは分かって欲しいことがあるんだ」

「ふむ？」

と、バルタザールが小首を傾《かし》げたところで、ようやく俺は本日の本題を切り出した。

「二週間、時間が欲しい。話を持ち帰ってサーシャと相談したいんだ。さすがに俺も単独で全てを決めることはできないからな」

その言葉でバルタザールは顎に手をやり、何やら思案を始める。

そしてマリアにチラリと視線を移し、軽いため息と共に頷いた。

「良かろう。その程度の期間であれば、こちらに不都合もない故に……な」

「それじゃあ二週間後の正午にこの場所で、再度の面談ってことで文句はないな？」

「ああ、問題ない」

その返答を聞いて、俺は心の中でガッツポーズと共に大きく頷いた。


――ってことで、ミッションコンプリート。


まあ、ノッケから、ここまでは百パーセントいけるとは思ってたことだがな。

その上、やっこさんの情報も百パーセント仕入れた。

戦果としては大勝以外に評することはできないだろう。

「俺の師匠であるところのサーシャは頑固だからな……説得するにしても、中々に頭が痛い」

言葉と共に、俺はバルタザールにスっと右手を差し出した。

そして、バルタザールは勝者の笑みを浮かべて俺の右手を握った。

「お前は私の力を理解したのだろう？　それを正確に伝えることができれば、誰であっても説得できるだろう」

ガッチリと交わされる握手。

これはもちろんただのポーズで、実際には俺は心の中では舌を出している。

まあ、二週間後にキッチリと吠《ほ》え面《づら》をかかせる予定だから——


——今に見とけクソ野郎。


思うのはそんなところだ。

と、その時マリアが、呆然《ぼうぜん》とした様子で俺に問いかけてきた。

「エフタル……？」

「何だマリア？」

「いや、絶対にバルタザールには逆らうなって……確かに私がそう言ったけど……」

「……ん？」

「アンタ……そんなに素直に認めちゃうの……？」

「さすがに記憶の矢で……アレコレ見せられれば、同じ次元で喧嘩ができる相手じゃないってことくらいは分かる」

「……いや、でもさ」

青白い顔色、その表情には明らかな哀の色が混じっていた。

そしてマリアは長いまつ毛を伏せ、首を小さく左右に振った。

「どうした、マリア？」

「うん、確かに……これで良いんだけどさ……。でも……なんか……こんなにアッサリってのはエフタルらしくないっていうか……」

必死に何かに耐えるようにマリアは唇を噛みしめる。

っていうか、思いっきりこいつも騙《だま》されてるみたいで、微《かす》かに瞳に涙まで溜《た》めていた。

そこで俺は慌てて、手の甲をトンと一回叩《たた》いた。

するとマリアは自分の手の甲を見て、何かを思い出したように「ハっ」とした表情を作る。

今、俺がマリアに連想させたのは、炎神皇《クリフ》と一戦やらかした時に使用したカウントダウンの術式だ。

それはつまり、サーシャ一門に伝わる狼煙《のろし》であり、殴り込みまでのカウントダウン時刻を、一門全員で正確に共有するために使用されるもの。

実際には、今回はマリアの手の甲に数字を出現させたりはしていない。

が、俺たちの間であれば……さっきのジェスチャーだけで、何をするつもりなのかを正確に理解できるはず。

そして思惑どおりにマリアは俺の意図の全てを察したらしく、一瞬だけ口元をゆるませる。

しかし、すぐに彼女は真顔を作って何やら考え込み始めて、最終的には諦めたようにため息をついた。

「本当にソレで良いのね？　アンタはもう……決めちゃったのよね？」

「ああ、そういうことだ」

マリアとは、長い付き合いというわけではない。

が、それほどには短い付き合いというわけでもない。

俺が「そうする」と決めたら「絶対にそうする」ということは、マリアはこれまでの付き合いで十分理解しているだろう。

そして、止められないと分かった以上――。

今更バルタザールに告げ口をして、アレコレ空回ったりするほどにマリアは馬鹿でもない。

「それになマリア。俺が死んだらお前との約束を守れないんだよ」

「約束……？」

「だから、俺は死ぬ気はない」

まあ、こいつには緋緋色金《ヒヒイロカネ》大勲章を取らせてやるって約束もしてるしな。

こんなことになるとは思ってなかったとはいえ、面倒な約束をしてしまったものだとは思う。

なんせ、こいつが勲章をもらう式典には俺はいないんだから。

まあ、俺が九頭竜を封印するための人柱になった後のことは……マーリンに任せておけば問題ない。

マリアは真面目で努力家だ。

俺がいなくても、最優秀勲章の一つや二つは何とかなる。

「それとバルタザール」

「なんだ雷神皇《エフタル》？」

「この建物に監禁されている二人、アナスタシアとシェリルは連れて帰るからな？」

「それについても問題ない。食事の世話も面倒だと思っていたところだ」

「それじゃあ、二週間後の正午にこの場所だ」

「ああ、良かろう」

そうして俺はマリアに向けて、「じゃあな」と後ろ手を振りながら去っていったのだった。

氷結の地獄と最強の四人

サイド：エフタル

——氷結地獄《コキュートス》

通称、魔術師の墓場。

あるいは単純に、超高難易度のダンジョンとも言われる。

このダンジョンは鉱山的な意味で言うと、それは間違いなく廃坑状態となっている。

と、いうのもダンジョン自体は遥《はる》か昔に攻略されて、遺物はあらかた国家権力やら冒険者やらに取りつくされた後となる。

けれど、魔物の類は枯れてはおらず、今でも超難度の化け物が闊歩《かっぽ》するのは変わらない。

ちなみに四百年以上前の当時にしても、冒険者や魔術師を次々に飲み込み、死屍累々《ししるいるい》を築き上げた悪名高いダンジョンだ。

無論、弱体化した現在の魔術師連中の手に負えるわけもない。

故に、現在は当然ながら、立ち入る者もほぼいないという話だ。

ただし、中にはモノ好きがいて、稀《まれ》に腕試しにダンジョンに進入する者も存在するらしい。

で、そんな命知らずのヤカラの辿《たど》る運命は、お察しのとおりに死亡と相場は決まっている。

と、それはさておき、今回のキモであるダンジョンの特性だな。

このダンジョン、実は元々は古代文明の倉庫だったらしい。

氷結地獄《コキュートス》との言葉の通りに、内部は氷の洞窟として知られている。

で、氷というだけでも、もちろん冷蔵施設として使用は可能。

それに加えて、ダンジョン全体に保存魔法がガッツリとかかっているわけだ。

その関係で、内部に所在する有機物は、腐ることは無いと言っても過言ではないレベルとなっている。

そして、それこそが唯一にして最大の、現状におけるこの施設の利用価値となるわけだ。

つまりは――

——四百年以上前の魔術師の死体が多量に現存しているということ。

ちなみに、腐らないとはいえ死体についてはミイラや骸骨になっているらしい。

が、そこについては、アンデッドの魔術兵団を作成するのに特に問題ないとは、サーシャの談である。

☆★☆★☆★

と、まあ、そんなこんなで——。

魔法学院都市から旅立った俺たちは、氷結地獄《コキュートス》に向かうべく北に向けて歩を進めていた。

ちなみに暗闇の中の魔法学院都市とは打って変わり、今日の天気は快晴だ。

しかし、空が九頭竜《くずりゅう》に蓋をされてるってのも、考えてみれば本当にとんでもない話だな。

なんせ、夜も昼もないような真っ暗闇ときたもんだ。

そして九頭竜が蓋をしている範囲を抜けると、そこで一気に景色が一転。

今みたいに、嘘《うそ》のように太陽がサンサンと煌《きら》めいているわけで、いつもの世界が広がっているんだから不思議なもんだ。

まあ、本当に何も変わらないので、九頭竜が上空にいない地域の大部分は、まだ異変を知らず平和に暮らしているんだろうな。

けれど、九頭竜は世界各地の上空を細長く伸びているわけで、その範囲内では……突然訪れた暗闇にパニック状態になってるはずだ。

しかし、俺が九頭竜の核となって起動停止したとして、そのあたりは一体……どうなるんだろうか？

九頭竜は宙に浮かんだままで、自転の関係で一日に何度か昼なのに急に暗くなるみたいな現象が世界中で起きるんだろうか？

それとも、九頭竜はその地域でずっと空の蓋をしていて、地域丸ごとがずっと永遠の夜になるんだろうか？

そうだとすると、地域によっては農作物が一切できずに大量の難民が発生するはずで……。

と、そんな頭が痛くなってくるようなことを思いながら歩いていると、俺の背後から声が投げかけられてきた。

「しかしエフタルよ……良くぞ一人で話をまとめてきたものじゃ」

振り向くと、そこではサーシャが「うんうん」と感慨深げに頷《うなず》いていた。

で、他のメンツもやっぱり「うんうん」と感慨深げに頷いているわけだ。

ちなみに、今回の旅程のメンツは――。

・俺も含めた四皇
・サーシャ
・マーリン
・アナスタシアとシェリル

こういった具合の、今までにない大所帯となる。

それに途中からはスヴェトラーナも合流する予定となっているので、人数は更に増える計算だ。

ちなみに龍《りゅう》族については、九頭竜発生と同時に魔法学院都市からバラバラに逃走することになった。

で、かなりの数の龍族が前回死亡しているので、スヴェトラーナも一族会議やらなんやらで、てんやわんやとのことらしい。

「なんだよ師匠。俺が一人でバルタザールと話をつけてきたのが、そんなに意外なのか？」

そう尋ねると、全員が同じタイミングで頷いた。

「いや、エフタル。私の中の君のイメージといえば、年甲斐《としがい》もなく瞬間沸騰器ばりにブチギレているというイメージしか無かったからな。一人で行ったら、まとまる話もまとまらんだろうと……そう心配するのは当然だ」

と言ったのは氷神皇《アイザック》だ。

まあ、短気なのは自分でも認めるところではある。

が、もうちょっと……モノには言い方ってモノがあるだろうとは思わんでもない。

「……私の弟子の間では、エフタルは怒れるお爺《じい》ちゃんと有名だったからね」

と、言ったのは土公神皇《イタール》だ。

いや、怒れるお爺ちゃんって……と、そこで俺の表情は若干引きつったものとなる。

「ああ、そういえば僕の弟子の中では、エフタルはイキリジジイと呼ばれて――」

そこまで言ったところで、俺は思わず炎神皇《クリフ》を手で制した。

「クリフ……頼むからその話はもう止《や》めてくれ」

さすがの俺も、昔の話とはいえ……イキリジジイと陰で言われていたような話は聞きたくない。

と、そこで、一部始終のやり取りを見ていたアナスタシアが大口を開いた。

「ご、ご、ご……ご主人様がタジタジになってるのは初めて見たんですっ！」

「……ふふ。タジタジになっているエフタルも可愛《かわい》い」

シェリルの謎発言については、いつものとおりといったところだな。

しかし、よくよく考えてみれば――。

アナスタシアの前で、同格のメンツと俺が一緒にいるところなんて、今までなかったっけ。

普段見てるのは、師匠のサーシャと弟子のマーリンとのやり取りくらいで、後は……見たことがあるのはオルコット家の実家の兄姉《きょうだい》や母親くらいか？

そう考えれば、ツレと一緒に話をしている俺を見て、アナスタシアが新鮮な気持ちになるのも分からんではない。

「ってことで、馬鹿な話は止めだ。本題に入るぞ」

その言葉で一同が頷いたところで、俺は北の方角を指さした。

「今から向かうのは氷結地獄《コキュートス》、通称：魔術師の墓場だ。知っての通りに超高難易度のダンジョンとなる」

続けて、俺はアナスタシアとシェリルに視線を向ける。

「アナスタシアたちを連れていくには荷が重い場所だ。マリアの件もあるし、俺としては非常に心配なところではある」

と、そこでマーリンが顔を伏せ、消え入りそうな声をあげた。

「申し訳ありません。私が側《そば》についていながら……」

「マーリンを責めているわけじゃない。気にするな」

あの場にいたのが俺でも、あるいはサーシャでも――。

一対一でバルタザールと対峙《たいじ》して、マリアを守れたかと言われれば、答えは断じて否《いな》だろう。

なので、本当にそこについては怒ってはいないし、マーリンが恥じ入る必要も欠片《かけら》もない。

「ご主人様？　だったら私たちはお留守番なんでしょうか？」

アナスタシアの問いかけに「いや……」と、俺は首を左右に振った。

「今回は、アナスタシアたちにもダンジョンの内部に潜ってもらう」

そう言うと、マーリンが驚いた様子で大きく目を見開いた。

「エフタル様。それは一体……？」

「これから先ずっと目の届く範囲にアナスタシアとシェリルを置いておけるわけでもないし、そのつもりもないが……せめてこの事態が終わるまでは、俺の手が届くところに置いておきたい。こいつらも俺の大事な弟子だからな」

その言葉で、アナスタシアの頬《ほお》が瞬時に赤く染まっていく。

そして彼女は目じりに涙を溜《た》めて、感動した様子でこう声をあげたのだ。

「あ、ありがとうございますご主人様！　そんなに私のことを大事にしてくださっていたなんて……」

続けて、シェリルも嬉《うれ》しそうに頬をゆるませた。

「……ふふ、さすがにそこまでハッキリと愛を語られると、照れざるを得ない」

と、その様子を見ていた氷神皇《アイザック》は、フッと小さく笑いを漏らした。

「エフタル、君は弟子を大事にするのは昔から変わらないな」

続けて、土公神皇《イタームム》もクスリと笑う。

「私の弟子の間では、エフタルは昔から過保護のお爺ちゃんと有名だったからね」

そして、やれやれだとばかりに炎神皇《クリフ》が肩をすくめた。

「僕の弟子の中では、エフタルは過保護のイキリジジイと――」

そこまで言われて、俺はやっぱり炎神皇《クリフ》を手で制した。

「だから……クリフよ。頼むからその話はもう止めてくれ」

まあ、イキリジジイという言葉を完全否定できないあたりが、辛《つら》いところではある。

と、そこで、俺たち四人のやり取りを見ていたアナスタシアが再度、驚愕《きょうがく》のあまりに大口を開いた。

「ご主人様が……やっぱりタジタジしているんですっ！」

「……ふふ。やっぱりタジタジしているエフタルも可愛い」

っていうか、俺らは普段から無礼講で、お互いに好き勝手に言うってだけの話なんだがな。

炎神皇《クリフ》とかも、コミュ障の話題になったら、みんなに滅茶苦茶《めちゃくちゃ》言われるし。

そんなことを思いながらため息をつくと、アナスタシアが楽し気に声をかけてきた。

「でも、なんていうか……ご主人様？」

「なんだアナスタシア？」

「なんか、今日のご主人様は様子が変なんです」

「変って言うとどういうことだ？」

「まず、今はいつもと違って乱暴な感じのままですよね？」

あー。

確かに、言われてみればそうかもしれん。

これについては、やはりかつての親友たちと一緒にいるから、昔の俺が強く出てるってことで良いんだろうかな？

「それに九頭竜で大変な状況だっていうのに、何だかいつもよりも安心しているというか、リラックスした感じな風にも見えます。それに何よりも——楽しそうに見えるんです」

と、アナスタシアは心底不思議そうに言っている感じなんだが……。

まあ、別に不思議でもなんでもないんだけどな。

「それはな、アナスタシア」

「はい？」

「リラックスしている風に見えるなら、それは恐らくそのままの意味で、俺は安心しているんだろう」

「と、おっしゃると？」

「普段は周囲の索敵から何から、俺一人の責任でやっていたところはあるしな。こいつらの力は俺が誰よりも認めているし、その意味では色んな意味で気楽なのは間違いない」

「……なるほど」

「それに、楽しそうってのも実際にそうなんだろう。どんな過酷な戦場でも俺らは軽口を叩《たた》き合っていたし、まあ、昔からの付き合いってことだよ」

「昔からの付き合いだから……ですか？」

そう言うと、アナスタシアは少し考えて、何かに気づいたようにポンと掌《てのひら》を叩いた。

「つまりは、とっても仲良しさんってことなんですね？」

「まあ、そこについては否定はせん。仲良しさんっていう言い方は、若干可愛らしすぎるがな」

と、その時――。

森林の樹木に遮られていた視界が広がり、草原が眼前に見えた。

「良し、目的地までもうすぐだ」

言葉の通り、草原に続く道の先数キロのところに目的地は見えている。

「あの……ご主人様？」

「なんだアナスタシア？」

「私たちは山中の洞窟に向かっているんですよね」

「ああ、そうなるな」

そう伝えると、アナスタシアは「はてな」と尋ねてきた。

「どうして……目的地が町なんですか？」

まあ、そう言われると、俺としてもこう返すしかないだろう。

「それはつまり――冒険者ギルドに向かうからだ」

☆★☆★☆★

アージェの町。

東方からの絹織物を運ぶ中継都市として発展したこの町の規模は、そこそこにデカい。

無論、帝都だの王都だのに比べれば規模は明らかに小さいものとなる。

が、地方の中心都市としては立派なものであることも間違いない。

そんな街の、露店が連なり賑《にぎ》わう大通り――。

街の中央部分、円形広場の一角の四階建て……レンガ造りの建物が目的の冒険者ギルドである。

「で、どうして冒険者ギルドなんですか？」

冒険者ギルドの建物前につくや否や、アナスタシアが上目遣いでそう尋ねてきた。

「氷結地獄《コキュートス》――魔術師の墓場で、死体を集めるって説明はしたよな？」

「はい。確かにそういう風な話でしたよね」

「死体を使って、どうやって屍霊術《しれいじゅつ》でリッチーの軍団を作るかって方法論については、まだ未定なんだよ」

「……未定ってどういうことなんですか？」

これについては完全に想定外だったらしい。

証拠に、アナスタシアは不安げな表情を作った。

「事実として、素材も時間も何もかもが足りない。だから、完全にサーシャとクリフの技量頼りになってんだよ」

そう告げると、アナスタシアの表情が見る間に曇っていく。

「でも、ご主人様は……あのお二人なら余裕だって言ってましたよね？」

「勿論《もちろん》だ。なんせ俺が絶大な信頼を置いている二人だから……そりゃあまあ、ちょちょいのちょいだろうよ」

ニカリと笑って断言する。

すると速攻で二人から「無茶《むちゃ》言うな」という視線が飛んできたが、そんな抗議はもちろん受け付けない。

「とはいえ、この二人でも素体の現物もなしに準備はできないだろう？」

「と、おっしゃいますと？」

「だからまずはダンジョン内で素体を集める必要がある。そこで重要になってくるのが冒険者ギルドだ」

と、俺は眼前の冒険者ギルドを指さした。

すると、アナスタシアは「あっ」と小さく声をあげたんだ。

「つまり、運び屋《ポーター》を雇うってことなんですか？」

「そのとおりだな」

正解して偉いぞとばかりに頭をポンと叩いてやる。

すると、アナスタシアは花を咲かせたようにニコリと笑った。

「何しろ、百体からの素体が必要になってくるからな。運ぶだけでも馬鹿ほど時間がかかるわけだ」

「ええと……ご主人様？」

「何だアナスタシア？」

「氷結地獄《コキュートス》にはレベル７以上を使えるような、とんでもない力量の魔術師の死体がたくさんあるんですよね？」

その問いかけに、俺は「ああ」と首肯する。

「そうでなければ、わざわざこんなところまで出張ってこないからな」

「で、リッチーの軍団は、生前の魔法の力量はそのままなんですよね？」

「無論、そういうことになる」

そこでアナスタシアは、恐る恐るという風に上目遣いで尋ねてきた。

「レベル7以上の魔法が扱えるリッチーが百……ですか？　それってひょっとしなくても戦力的には……」

「当然レベル7だけではなく、レベル8や9、中には10を扱える猛者もいるだろう。と、すると、お前の思っている通りに……現代の大国なら、一つや二つ簡単に飲み込める戦力になる」

「それを簡単に集めてしまうご主人様も物凄《ものすご》いんですが、バルタザールとは……そこまでしなくては勝てない相手なんでしょうか？」

「まあ、相手は文明崩壊させようとしてるようなヤカラだからな。それくらいは揃《そろ》えないと話にならんだろう。少なくとも過剰戦力ってことはない。それにな……」

「それに？」

「本命はリッチー軍団じゃなくて、それを使って作成する……まあ、これはアナスタシアに今説明しても仕方ないか。できるかどうかもクリフとサーシャ頼みだしな」

そう告げると、アナスタシアは「はてな」と小首を傾《かし》げる。

「ま、とりあえずは運び屋《ポーター》だ。俺たちが迷宮内の魔物を一掃したところで、運び屋《ポーター》がいなければ時間効率に天地の差が出てくる」

「二週間しか時間もないわけですしね。時短できるところは時短してしまおうと？」

「そういうことだ。その後の術式構築もあるし、たかが素体を集めるだけの作業にそうは時間もかけてはいられない」

「でもでも……ご主人様？」

「何だ？」

　アナスタシアは困ったような表情で片方の眉を吊《つ》り上げる。

「……魔術師の墓場って、とんでもなく危険な迷宮で……命知らずしか入らないような場所なんですよね？」

「ああ、そういう風に聞いているな」

「あの、その……えと。そんなに危ないところなのに、運び屋の依頼なんて……受けてくれる冒険者はいるんでしょうか？」

☆★☆★☆★

――ギルドの受付嬢。

古来の伝統としてそんな言葉がある。

その言葉のとおり、この世界でギルドの受付と言えば、小綺麗《こぎれい》な若い娘が担当すると相場は決まっている。

その理由として——。

冒険者ギルドと言えば、魔物の討伐や迷宮巡りを終えた冒険者たちが、最初に訪れる憩いのオアシスのような場所である。

あるいは、激戦地から故郷の家に帰るようなもの……そんな感じであるべきということだろうか。

つまりは、癒《いや》しを与える場という役割が強く求められる場所となる。

故に、ギルドの受付は、受付嬢でなければならない。

と、俺がギルドに所属していたような大昔に、当時の先輩冒険者がそんなことを言っていたのだ。

で、その話を聞いて、俺としても「なるほどなー」と思ったわけだ。

まあ、先輩冒険者の話が嘘《うそ》か誠かは知らないが、ギルドの伝統というかスタンダードとして、受付は若い娘と相場が決まっているのは世界的な事実だ。

しかし、この街のギルドの受付では——

　──スキンヘッドの受付男がカウンターテーブルの向こうで仁王立ちを決めていた。

　いや、そのこと自体には全く文句もない。

　そもそも、男がやってようが女がやってようが、どうでも良い話でもある。

「ああん？　魔術師の墓場だと？　寝言は寝て言え！　あんな危険な場所──命がいくらあっても足りやしねえだろ！」

　けれど、この反応はいただけない。

　と、まあ──。

　状況としては、先ほどのアナスタシアの予感が的中して門前払いを受けているということだ。

　つまりは、運び屋の依頼の趣旨を説明した瞬間に、こういった反応となったわけだな。

「ともかく、依頼金なら相場の十倍は払う。それで二十人集めてもらえないか？」

「いやいや旦那、無茶言っちゃいけねえ。どれだけ金貨を積まれてもよ、自殺に付き合ってくれっていうようなオーダーを受けるやつはいねえよ」

「……自殺だと？」

「だってそうだろうよ。魔術師の墓場だぜ？　最低限ダンジョンの中を歩くことができるのは……レベル８級の魔法を扱える最高ランクの魔術師だけだ。つまり、世界に十人いるかどうかって話だろう？」

「……」

「そのランクの魔術師ですらも、安全の保証というわけじゃねえんだよ。あくまでも最低限中に入っても瞬殺はないって基準に過ぎないんだ。そんなところに運び屋《ポーター》をゾロゾロ引き連れて、ギルド員の安全なんか確保できるわけもねえ」

「……」

そこで受付男は話は終わりとばかりに、パンと掌《てのひら》を叩《たた》いた。

「ってことで、この話はここまでだ。俺にも他に仕事があるし、悪いが帰ってくれねーか？」

そう言われても、こちらも「はいそうですか」というわけにはいかない。

「すまんが、ここのギルドマスターを呼んでくれないか？」

「ああ？　ギルドマスターを呼べってか？」

頷くと、受付男は「フンっ」と俺を鼻で笑ってきた。

「得体のしれない、流れの依頼者にギルドマスターを出せだと？　無茶言っちゃいけねえぜ」

そこで、チラリとサーシャに視線を向ける。

するとサーシャが頷《うなず》いたので、そのまま、俺は受付男に向き直った。

「不死皇のサーシャが来ている。ギルドマスターにはそれだけ伝えてくれれば良い」

こういう界隈《かいわい》では、さすがにサーシャのネームバリューは強力だ。

そして、この名前を出した以上は、俺たちの話を邪険に扱うこともできないはず。

で、予想の通りに受付男はギョっとした表情を作った。

「不死……皇？」

そう言うと、彼はサーシャの顔をマジマジと見つめたのだった。

☆★☆★☆★

その後、受付男はすぐにギルドマスターを連れてきた。

「で、この少女が不死皇だという証拠がどこにあるというんだね？」

連れてきた瞬間、ギルドマスターは確かに青い顔をしていたんだが……。

今は、当初の焦った表情は見る影もない。

と、いうのも、サーシャの実物を見た瞬間に、ギルドマスターの様子は瞬時に変わってしまったのだ。

一応は俺たちの話を聞いてはくれたんだが……。

結論として、ギルドマスターとしては「胡散臭《うさんくさ》いから証拠を出せ」と言い出したというのが顛末《てんまつ》となる。

と、そこで俺はサーシャに視線を移して「それも仕方ないのかな」とため息をついた。

なにしろ、サーシャは見た目だけで言うと、普通に可愛《かわい》らしい少女だ。

よくよく考えずとも、この見た目から、泣く子も黙る悪名高い不死皇を連想するのも難しい。

都会の大規模ギルドのマスターであればサーシャの顔くらいは見たことはありそうなものだが、ここは田舎なわけだしな。

ともかく、サーシャを一度も見たことが無い人間からすると、この反応も当たり前と言えば当たり前なのかもしれない。

「そうですよギルドマスター。こいつら、最初からずっと無茶苦茶《むちゃくちゃ》言ってくるんですよ」

と、受付男は鼻息を荒くしている。

そして、そんな彼の言葉に、ギルドマスターは「そうだろう」とばかりに大きく頷いた。

　続けてギルドマスターは、テーブルカウンターに置かれた金貨の大袋に視線を移して、フンと鼻で笑った。

「確かに依頼金は持っているみたいだな。ま、どこぞの大商会だかの道楽息子といったところなのだろう」

　続けて、「だがしかし」と、ギルドマスターはピシャリと言い放った。

「金で命は買えないし、冒険者ギルドも金には屈しない。あまりギルドを舐《な》めるな！」

　ギルドマスターがそう言うと、アナスタシアが「あれ？」と小首を傾げた。

「冒険者といえば、魔物退治などを行う、危険な職業のことなのではないでしょうか？」

「根本的に君たちはそこを勘違いしているようだ。危険と無謀とは違うのだよ」

　そこでギルドマスターは周囲を見渡して、ニヤリと笑った。

「なあ――そう思うだろう諸君っ！」

　ギルドマスターの問いかけにギャラリーたちが「うんうん」とばかりに一斉に頷き始めた。

　っていうか、さっきから俺たちの周囲に冒険者たちが集まってきてたんだよな。

　受付男と揉《も》めている時から人目を引いていたらしく、今では相当なギャラリー数となっている。

「ギルドマスターの言う通りだ！」

「蛮勇と勇気は違う！」

「なんでも金で思い通りになると思うなっ！」

「俺たちにだって仕事を選ぶ権利があるんだよ！」

と、そんな感じで――。

相当な人数が口々に好き勝手なことを言っているわけで、状況としては良くないな。

冒険者たちは、本当に俺たちが道楽で依頼をしにきたと思っているらしく、ギルド全体がそういう空気になっている。

もはや、俺たちの依頼を受ける奴《やつ》は誰もいない状況だろう。

参ったな……と、思ったところでシェリルが俺の袖を摑《つか》んできた。

「……エフタル。こいつら感じ悪い」

シェリルがそう言ったところで、ギルドマスターが威圧的な視線を俺に向けてきた。

「と、いうことでお引き取り願えますかね？」

俺に威圧や恫喝《どうかつ》の態度は通用しない。

それに、ここで「はい、そうですか」と言うほどに人間もできちゃいない。

「なら、運び屋《ポーター》を守ることができるだけの力を見せれば問題ないってわけか？」

ってことで、仕方がない。

こちらはこちらで、道理を示して筋道を立てるという方向で行こうか。

要は、俺たちの言ってることが無茶な依頼ではないと分かってもらえればそれでいいわけだからな。

「力を見せるだって？」

そう言うと、ギルドマスターは「ははは」とその場で笑い始めた。

「冗談も休み休み言いたまえよ君？」

「冗談を言ってるつもりはないんだがな？」

「ふふ、君は本当に何も分かっていない。氷結地獄《コキュートス》──魔術師の墓場と言えば空前絶後の危険なダンジョンなのだよ？」

「だから、力を見せれば問題ないんだろう？」

「何の力を見せるというのだ？　レベル８の魔術師だとしても力不足だというのに、君はレベル９を扱えるような人外の力を持っているとでも言うのか？」

「……そうだと言ったら？」

「いやいや、まさかこんなところで四皇レベルの魔術師に出会えるとは驚きだね」

隠す気もない嘲りの表情。

ギルドマスターがそう言うと、ギャラリーたちからも嘲笑の声が「どっ」と溢《あふ》れだした。

ここで「四皇で正解」と言えれば楽なんだが、さて……どうするべきか。

とりあえず、俺としてもこれ以上ここで時間をかけるつもりはない。

別に実力を隠しているわけでもなし、高レベル魔法を一発見せればこいつらも分かってくれるだろう。

しかし問題は、どれだけ派手にするかというところだな。

氷結地獄《コキュートス》ってのは、レベル8でギリギリ歩けるダンジョンっていう触れ込みだ。

かといって、さすがにレベル10をぶっぱなすような非常識をするわけにもいかない。

と、なると……そうだな。

ギルドマスターの言うように、この場でレベル9の行使をすればこの場は収まるだろうか？

そこまで考えて方針を決定した俺は、周囲の施設状況を窺《うかが》い始めた。

と、いうのも　魔法を室内で使用すると、ギルドの建物そのものがぶっ壊れる危険があるからだ。

魔法行使のデモンストレーションができそうな場所といえば——そうだな、あそこだろうか？

ギルドの受付ロビーには、見晴らしの良いテラスが併設されていて、おあつらえむきに遠くに山が見える。

魔法爆撃を行うなら、一旦テラスに出たところで、あの山を相手にするのが都合が良さそうだ。

と、そこでアナスタシアがコソコソと話しかけてきた。

「ご主人様？　ひょっとして……やるつもりなんですか？」

「まあ、ここはやむをえないだろう」

「でも、あの山にぶっぱなしちゃって大丈夫なんですか？」

「それは大丈夫だ」

「と、おっしゃると？　人間がいたら大惨事ですよ？」

「索敵魔法だよ。さすがの俺でも、人間がいるかいないかくらいはちゃんと事前に調べるさ」

と、そこまで言ったところで、これまで俺の横で事態を傍観していた炎神皇《クリフ》が口を挟んできた。

「エフタル。あの山に人の気配がないことは確認済みだ」

「ん？　どうしてお前が……既にあの山を索敵してるんだ？」

「それはね、君たちのやり取りを見ていて――」

と、そこで炎神皇《クリフ》はすっと掌を頭上に掲げた。

「――論より証拠を見せるのが一番早いと思ったからだ」

その言葉と同時に、ギルドの受付ロビーに高密度の魔力が溢れた。

ビリビリと空気が震え、ギルド内の机や椅子が小刻みに揺れる。

そして、桁違いの魔力を発生させた炎神皇《クリフ》に、何事だとばかりに一同の視線が集まった。

そうして最後にロビーに響き渡ったのは、炎神皇《クリフ》特有の甲高い少年の声色だった。

「ならば、お望みどおりに僕が見せてあげるよ」

そのまま炎神皇《クリフ》は、掌《てのひら》をテラスの向こう側の山に向けてすっと突き出した。


——っていうか、なんだこの異常な魔力は？

この魔力は……レベル8や9なんてチンケなものじゃない。

これは……そう……レベル10すらも凌駕《りょうが》して……この馬鹿……まさか——


「レベル11：焔《ホムラ》」

炎神皇《クリフ》の掌から伸びていくのは、一筋の赤い光。

ジュッ。

そんな効果音と共に、熱線はテラスとロビーを仕切るガラス戸を瞬時に融解させる。

赤く液体化したガラスが床に向かって溶け落ちていくと同時、赤い光はレーザーのように一直線に山に向けて伸びていって、そして周囲一面は――

――カッっと真っ白の光に包まれた。


暴力的とすら表現できる、そんな強力な光。

その場の全員が、ホワイトアウトに包まれる。

直後、訪れたのは肺の底までに響く大爆発の重低音。

最後に、光が消えると同時にやってきたのは、嵐のように吹き荒れる烈風だった。

突然の風、人が浮かび上がりそうなほどの猛烈な風に、ギルド内は瞬く間に大混乱――

否《いな》、恐慌に陥る。

「う、う、うわあああああっ！」

「なんだこりゃあああ！」

「や、や、や、山を吹き飛ばしやがった！」

「風、風、風、風――――っ！」

ある者は柱を摑み。

ある者は、床にしゃがみこみ。

強面《こわもて》の冒険者たちが、爆風に翻弄され狼狽《ろうばい》し、それぞれが思い思いの叫び声を奏でていた。

あらゆるものが宙を舞い、散乱し、しっちゃかめっちゃかの地獄絵図。

「まあ、僕たちの実力と言えばこんなところだよギルドマスター」

そんな中、涼し気な様子で炎神皇《クリフ》は小さくそう言った。

で、その言葉を投げかけられたギルドマスターはと言えば――。

ただただ、パクパクパクパクと口を開閉させることしかできないようだ。

「あ、あ……ハイ……レベ、レベ……レベル……11……山のさきっちょが消えて……あ……あ……は……わ……ぁ……」

そんな感じで掠《かす》れる声を絞り出しながら、ギルドマスターはペタンとその場で尻もちをついた。

「おいクリフ……」

「何だいエフタル？」

「……やりすぎだ」

俺の言葉に炎神皇《クリフ》は「やれやれ」とばかりに肩をすくめる。

しかし、こいつも本当に変わらない……と、俺はため息をついた。

「なあ、アナスタシア？」

「な、なんでしょうかご主人様？」

ちなみにアナスタシアもギルドマスターほどではないにしろ、驚きのあまりに大きく目を見開いていた。

「お前は……こんなクリフを見てどう思う？」

「さ、さすがは……ご主人様のお友達というかなんというか……」

「お前やマリアは、いつも俺のことを散々に無茶苦茶《むちゃくちゃ》な暴れん坊みたいに言ってたがな――」

そうして俺は炎神皇《クリフ》を指さし、呆《あき》れ声でこう言った。

「――クリフのほうが万倍酷《ひど》い」

ガチでこいつは空気を読まないし、配慮も何もねーからな。

無駄に目立たないようにとか……そんな思考回路が存在する俺のほうが、まだ遥《はる》かにマシだと断言できる。

「……よく分かりました」

そうして、アナスタシアは呆然《ぼうぜん》とした表情のまま炎神皇《クリフ》を眺めて立ち尽くしていたのだった。

☆★☆★☆★

と、まあ、そんなこんなで。

総数二十名の運び屋《ポーター》を確保した俺たちは、アージェの街を後にした。

そして町から歩くこと半日程度で、とある霊峰の中腹に辿《たど》り着いたんだ。

はたして、山肌には洞穴が開いていて、そこに立っているだけで古代遺跡特有の濃厚な魔力が感じられるような――。

つまりは俺たちが臨んでいるここが、氷結地獄《コキュートス》につながる洞窟という寸法だ。

「それじゃあ、事前の手筈《てはず》通りにいくぞ」

そう呟《つぶや》くと、俺の横で屈伸運動をしていたサーシャがコクリと頷《うなず》いた。

ちなみにサーシャはヘソ出しルック＆スポーツブラという出《い》で立《た》ち。

更に言えば髪を後ろにまとめて、見るからに運動をやる気満々という感じの格好になっている。

いや、まあ……何故《なぜ》に男にスポーツブラが必要なのかは、本当に謎なんだがな。

が、そもそも存在からしてツッコミ所の塊のような、俺の師匠にそれを言っても仕方がない。

「のう、エフタルよ。今回はお主たちが好き放題に暴れまわり、我が運び屋《ポーター》どもの護衛をするということじゃな？」

「ああ、主なアタッカーの役割はクリフと俺がやる。ただし俺についてはアナスタシアたちの護衛も兼任するがな」

「小娘どもを連れていくと言ったのはお主のワガママじゃからの。仕事が多いのは当たり前じゃ」

アナスタシアたちについては、俺としても不安なところではあるんだけどな。

ただ、やっぱり……マリアを連れていかれた上での現状だ。

目が届きませんでしたという理由で、取り返しのつかないことにはしたくない。

なら、やっぱり二人は手の届く場所に置いておきたいというのが人情だろう。

「こいつらについては、俺がしっかり面倒を見る。お前らに迷惑はかけねーよ」

そう言うと、アナスタシアとシェリルが嬉《うれ》しそうに目を細める。

その時、背後から氷神皇《アイザック》が声をかけてきた。

「なあエフタル？　既にクリフがやらかしてしまっている状況ではあるんだが……」

「ん？　どうしたんだアイザック？」

「本当に、私やイタームは好きに魔法を使っても構わないのか？」

「さすがにお前らはクリフと違って常識人だな」

そこまで言うと、俺は「ははっ」と吹き出してしまった。

いや知ってはいたけど、やっぱり炎神皇《クリフ》は無茶苦茶だ。

昔も炎神皇《クリフ》には俺たちは色々と迷惑をかけられたもんだが、久しぶりにやられると妙に懐かしくて……不思議と悪い気はしない。

「ああ、何の問題もないし、配慮も要らない。好きにやってくれ」

そもそもが、九頭竜出現という状況だからな。

今更、サーシャの仲間がレベル10だのレベル11だのを使ったところで――。

世界的混乱のドサクサ紛れで「はい、そうですか」で終わるだけの話だろう。

それに、既に別に隠しているわけでもないしな。

と、そこで俺と氷神皇《アイザック》のやり取りを聞いていた炎神皇《クリフ》が「フッ」と笑った。

「僕としても、力を隠すようなことは性に合わない。その方針はありがたいね」

そんな感じで嬉しそうな炎神皇《クリフ》だったが、俺としては「はぁ……」と肩を落とさざるを得ない。

「いや、お前については、ちょっとで良いから自重してくれ」

普通に一般人巻き込んで大爆発させても、平気な顔をしてそうな男だもんな。

今は一時休戦の同盟状態だとは言え、元々はコイツも……相当に危険な思想の持ち主ではあるし。

っていうか、極端な性格で加減が利かないってのは、コイツの悪癖である。

まあ、俺も人のことを言えたもんじゃないだろうが、それでも炎神皇《クリフ》みたいに、身内一人だけのために世界を犠牲にするような方法は取らないしな。

「自重？　しかし、僕でも加減をした上では、氷結地獄《コキュートス》を短期間で突破するのは難しいよ？」

「加減をしろとは言ってねえよ。運び屋《ポーター》も連れてくのに、一般人を巻き込むようなことはするなって話だ」

「ふーむ……ねえエフタル？」

「何だよ？」

「僕が好き好んで、一般人を虐殺して喜ぶような奴《やつ》に見えるかい？」

不満げに頬《ほお》を膨らませるクリフに、俺はピシャリと言い放った。

「好き好んで虐殺するようには見えないが、不可抗力で巻き込んだとして……反省する風にも見えないな」

「まあ、巻き込まれちゃった場合は、巻き添えを防げない程度の雑魚ってことだからね。そんな連中が僕たちに同行するなんて、それは身の程知らずの自業自得の自己責任以外に形容ができないだろう？」

あっけらかんとそう言うクリフに、俺は頭が痛くなってくる。

「そういうところだよ、自重しろってのは」

「……どういうことだい？」

「一応、冒険者ギルドの連中には……俺たちがお願いして来てもらっているわけだよな？」

「……まあ、そうだね」

「なら、自業自得ってことはないんじゃねーか？」

と、しばし炎神皇《クリフ》は何かを考え込み始めた。

そうして、炎神皇《クリフ》は「はっ」と何かに気づき、ポンと掌《てのひら》を叩《たた》いてこう言ったんだ。

「なるほど。そういう視点でのモノの考え方があったのか」

っていうか、ここまで言わないと理解できないのかよ。

——天才ってやつはコレだから困る。

いや、こいつの場合は空気が読めないとか性格上の問題というよりも……。

根本的な問題として「常人」というモノがあまり理解できてないってのが、問題の本当のところなのかもな。

「しかし、エフタル。最深部まで六時間での攻略……君のオーダーはそれで間違いないのかい？」

「ああ、お前に頼んだオーダーはそれで間違いない」

「六時間で最深部まで到達して……次に三時間で素体を集める。そうして三時間で最深部からの帰還……都合十二時間って話だよね？」

「ああ、予定ではそうなっているな」

うんと頷きそう言うと、炎神皇《クリフ》は露骨に顔をしかめた。

「それで帰ってきたら素材を使って……その日のうちに屍霊術《しれいじゅつ》の研究を開始するって話だよね？　六時間での最深部への到達ですら骨が折れるというのに……全くもって人使いの荒いやつだなあ、君は」

「だが、お前なら十分可能だろ？」

そう尋ねると炎神皇《クリフ》は忌々し気に言葉を吐き捨てる。

「まあ、それは確かにそうなのだけれどね」

と、その時——。

俺たちの背後から、荒ぶった様子のアージェの街のギルドマスターが声をかけてきた。

「氷結地獄《コキュートス》を最深部まで……往復十二時間だとっ!? 無理だ！ そんなことはありえないっ！ それについては断固抗議するっ！」

「抗議？ ギルドマスターも納得してギルド員を派遣したんだろうよ？」

「君たちがサーシャ様の連れの、凄腕《すごうで》の魔術師集団ということは確かに分かった！」

「なら、何の問題もないわけじゃないのか？」

「問題大ありだっ！ あんまり無茶苦茶をされてもギルド員に危険が及ぶだろうにっ！」

「だから、俺たちがいるから大丈夫って言ってんだろ」

興奮した様子のギルドマスターは大きく息を吸い込んで、今にも俺に躍りかかってきそうな様子でまくしたててくる。

「功名心か何かは知らんが、つまりお前たちは氷結地獄《コキュートス》の制覇最短ルートの確立でもして有名になりたいだけなのだろう？ こちらは運び屋《ポーター》の依頼は受けたが、迷宮最速攻略のサポート依頼を受けているわけではないっ！ 当然、こちらとしてはそれは不要な危険と認定し、抗議せざるを得ないからなっ！」

この人がギルド員を大事にしている気持ちは本当のようで……まあ、悪い奴ではない。

だがやはり、こんな風に一々突っかかってこられても、ゲンナリしてしまうのも間違いない。

「ともかく、ギルド員を危険に晒《さら》すという話であれば、まずは私に話を通してからにしてもらおうかっ！」

そこで、今まで黙っていたサーシャが腕組みと共に口を開いた。

「しかし、しつこい男じゃのう？　大丈夫と何回も言っておろう？　そもそも危険をおかすのがギルド員の仕事じゃろうに？」

うんざりだとばかり眉を顰《ひそ》めるサーシャに、ギルドマスターは懇願するように頭を下げる。

「危険そのものは良いのですよ。ただ私は……無駄にギルド員を危険に晒すのは止《や》めてほしいと言っているだけなのですっ！」

言葉を受けて、サーシャは「ふむう」と顎に手をやった。

「じゃから、誰も死なんかったらええんじゃろ？　そこは安心せよと何度も言っておるわけじゃろ？」

「サーシャ様の実力を疑うわけではありません。ですが――」

そこまで言って、ギルドマスターは懐から一冊の本を取り出した。

それは相当に年季が入っている紙の本で、表紙のところどころが破れていたりするものだった。

「ふむ、それはなんじゃ？」

「古代より当ギルドに伝わる……氷結地獄《コキュートス》の攻略資料でございます」

「……それで？」

「魔法が弱体化する以前、その頃からここは大変な難易度のダンジョンだったことはご存じでしょう？」

「うむ」とサーシャが頷《うなず》いたところで、ギルドマスターは沈痛な面持ちを作った。

「記録によると、これまでの最速の攻略は——当時の魔術学会の最強の精鋭六名で、往復二日となっているのですぞ？」

「そんなことは知っておる。我等《われら》も阿呆《あほう》ではないのでな。事前に資料くらいは踏まえておるわ」

と、言っても俺たちは実際に資料を見たわけではなく、炎神皇《クリフ》から又聞きしたことが情報源となる。

ただし、炎神皇《クリフ》は瞬間記憶みたいなチート能力を普通に持っているわけで、情報に記憶違いなどの紛《まぐ》れは無いとは断言できるがな。

「サーシャ様を疑うわけではありません！　しかし、当時最強の魔術師たちですら二日かかったのですぞ!?」

「疑ってないのなら……何故に我は詰め寄られておるのじゃ？　喧嘩《けんか》売っとるのかお主？」

言葉の通り、ギルドマスターはサーシャにすら食って掛かっている感じになっている。

これで胸倉でも掴《つか》もうものなら、その場で喧嘩が成立する……そんな状況だ。

「いや、ですからっ！　その上でギルド員の護衛までをもしながら十二時間というのは……無茶苦茶でしょうに！」

ギルドマスターがそう言うと、サーシャと炎神皇《クリフ》は「ダメだこりゃ」とばかりに顔を見合わせる。

まあ、ギルドマスターの気持ちは分からんでもない。

が、さすがにここまでくると心配症が過ぎてうっとうしいな。

と、そんな感じで俺たちがギルドマスターの扱いに困っていると、炎神皇《クリフ》が口を開いた。

「ねえ、ギルドマスター？　二日もかかったっていうのは、あくまで当時の魔術学会の最強って話だろう？」

「ああ、そうだ。だからこそ私は十二時間での往復は無茶だから……普通に最深部に向かってくれと言ってるのだ」

その言葉を受け、炎神皇《クリフ》は不敵な笑みを浮かべる。

「なら、問題は何もない。当時の魔術学会最強で二日なら、魔術学会の歴代最強である僕たちなら十二時間での走破に何の不思議もない」

「れ、歴代最強……？　サーシャ様ならまだしも……お付きの分際でこれは大きく出たものだな」

確かにギルドマスターの言葉のとおりに、大きく出たものだと思う。

いや、俺も歴代最強のメンツだと思っているけど、さすがに外部の人間に対してそんなことは口に出さんからな。

まあ、炎神皇《クリフ》のこういう自信過剰なところは嫌いではない。

「別に僕はお付きでもないし、大きく出てもいないんだけどね？」

「ならば問おうか。これまでの最短記録は二日……つまりは四十八時間。君たちの言う十二時間との差をどうやって埋める気だね？」

睨《にら》み合う二人。

まさに売り言葉に買い言葉で、二人の間には火花が見えるようだ。

「最短距離で突き進む……それだけのことさ。ねえ、エフタル？」

そう言うと、炎神皇《クリフ》は俺に向けてニヤリと笑みを浮かべたのだった。

☆★☆★☆★

洞窟内――。

この階層は湿気が強い湿地帯となっている。

水源は地底湖で、光源はヒカリゴケ……。はたして、その湿原はスライムの巣となっていた。

「う、う、うあああああ！　スプリットスライムだあああ！」

と、まあそんな感じで冒険者たちが騒ぎ始めた。

先頭を行く俺と炎神皇《クリフ》の眼前には、人間一人なら丸のみにできそうなほどに巨大な三体のスライム。

ちなみにスライムといえば日本のＲＰＧでは御馴染《おなじ》みで、言わずと知れた雑魚中の雑魚なんだがこの世界では違う。

捕まえて、溶かして、食らう。

そんな単純に過ぎる攻撃方法は、あらゆる場面で有効で汎用性も高い。

物陰に潜み、まるで獲物を狙う蜘蛛《くも》のように突然に襲い掛かってくるそのサマは、冒険者にとっては恐怖の代名詞と言っても過言ではないだろう。

更に言えば、特に氷結地獄《コキユートス》のような高レベルダンジョンでは特殊なスライムが出てくるわけで、その現象は冒険者の間では半ばお約束になっている。

もちろん、俺たちもここにスプリットスライムが出てくることは知っている。

事前に炎神皇《クリフ》から得た情報なんだが、このスライムは世界的にもレア中のレア――そして厄介中の厄介と呼ばれる部類のシロモノだ。

具体的には、生物で言うとプラナリアみたいな特性を持っているわけだな。

切れば二つに分裂して、潰せば大量に分裂して……まあ、攻撃すればするほど数が増えて対処が面倒になる。

つまりは、切っても潰しても、てんで効果がないタイプのヤバい奴《やつ》だ。

けれど、そこは俺たち初代四皇だ。

もちろん、戦闘能力で言えば……ハッキリ言って俺たちのほうが面倒臭くてややこしい存在である。つまりは――

「レベル10：神炎陣《クリムゾン・イフリート》」

炎神皇《クリフ》の発生させた炎に触れるや否《いな》や、ジュっという効果音と共に一体のスプリットスライムが焼失した。

「続けて、レベル10：神炎陣《クリムゾン・イフリート》」

炎神皇《クリフ》の言葉と同時、もう一体のスプリットスライムが炎に包まれて消えていく。

「そして最後に、レベル10：神炎陣《クリムゾン・イフリート》」

最後との言葉の通り、これで都合三体のスプリットスライムが完全にこの場から消えることになった。

「ば、馬鹿な！　スプリットスライムと言えば、たとえ焼いたとしても、即時に復活するはずで……っ！　何故《なぜ》に分裂しないのだっ⁉」

と、そんな感じで驚愕《きょうがく》の表情を浮かべているのはギルドマスターだった。

「いや、クリフはスライムを焼いてるわけじゃねえよ」

「な、ならばどういうことなのだ？」

「蒸発させてるんだ」

まあ切っても潰しても焼いてもダメなら、そういう風に対処するってわけだな。

「じょ……蒸発……？」

「そのとおり。細胞が残っているところから再生するって理屈だから、まとめて一気に気化させれば問題ないってわけだな」

「……そんなことが……可能なのか？」

「サーシャと肩を並べてパーティーを組むことが許された魔術師なら、それくらいは当たり前に全員できるさ」

とはいえ、今の時代の魔術師にはこんな芸当はできないけどな。

レベル10の魔術難度が前提となるので、もちろん昔の魔術師からしても絶技のレベルの魔法ではある。

「時間も無い。さっさと深層に向かおう」

「そ……そうだな。そうしよう」

ギルドマスターが頷くと、俺たちは湿地帯を抜けた先にある、岩の通路に視線を移した。

ちなみに通路は十メートルほど直進すると突き当りで、その直前に曲がり角……と、そんな感じの構成になっている。

「さて……ここが最初の難所だね」

そう呟《つぶや》くと、炎神皇《クリフ》は通路に足を踏み入れた。

そしてそのまま曲がり角を曲がらずに、炎神皇《クリフ》は行き止まりになっている壁に向かって進んでいく。

「ん？　そちらは行き止まりだが……？」

ギルドマスターが不思議そうに尋ねる。

が、炎神皇《クリフ》はそれには応じず、やはり壁に向けて進んでいった。

「お、おい……君……？」

炎神皇《クリフ》の意図が分からないギルドマスターはポカンとした様子だ。

更に言うと、アナスタシアとシェリルも顔に「クエスチョンマーク」を浮かべている。

「どういうことなんですご主人様？　道はあっちに延びているのに……？　そっちは行き止まりですよ？」

「いや、これで予定通りだ」

なので、俺としては何の疑問もない。

とはいえ、アナスタシアたちが疑問に思うのも無理はないな。

「アナスタシア、これにはちゃんと理由があるんだよ」

「理由？　いや、でも……行き止まりですよね？」

アナスタシアの問いかけに、小さく頷いて応じる。

「事前に聞いた話によると……この曲がり角を曲がった場合、そこには降《くだ》りの階段があるんだよ」

「と、おっしゃると？」

「その階段を降って、地下の階層を通って、そして最後に……上がる階段に突き当たるわけだ」

「……まあ、そういう構造のダンジョンは多いですよね」

「そういうことだ。結局は回り道なんだよ」

「回り道ですか？」

「ああ、今伝えた行程で進んだ場合、最終的に辿《たど》り着く場所は……クリフの向かっている突き当りのすぐ向こう側になるんだ」

「それが何か？　そういう構造なんだから仕方ないのでは？　こういった高難度ダンジョンの壁なんかは絶対に壊れないようにできてますし……まさか突き破っていくわけでもないのでしょう？」

「そう、仕方がないんだ。だから――」

「だから？」

アナスタシアが小首を傾げたところで、炎神皇《クリフ》は突き当りの壁に向けて掌《てのひら》を掲げてこう言った。


「レベル11：焔《ホムラ》」


クリフの掌を、眩《まばゆ》いばかりの蒼銀《そうぎん》色の炎が包む。

そして、ガスバーナーのような状態になった右掌が、壁を掘削――否、溶かしていく。

「ええええええ!?　ど、どういうことなんですっ!?」

驚き慌てふためくアナスタシア。

そして、ギルドマスターに至っては、その場で呆然《ぼうぜん》と大口を開いて口をパクパクとさせ始めてしまった。

「こ、こ、こ、こ、こ、このような……超高難易度のダンジョンで……突き破れるような壁が……あるのか？」

ま、ギルドマスターが言うように普通は無理だ。

だからこそ、この迷宮を大昔に走破した当時の魔術学会の精鋭でも、二日もかかったんだからな。

それこそこんな手口が通用するなら、このダンジョンはそこら中が穴だらけだろう。

「そのとおり。このダンジョンの壁は超難度迷宮にありがちな、破壊不可の構造となっているわけだな」

「で、でも実際に今……炎神皇《クリフ》様は壁を溶かしてますよね？」

と、そこで炎神皇《クリフ》は振り向きもせずにこちらに声を投げてきた。

「エフタルの言う通りに、この迷宮の壁は魔素が固まって超硬度の壁となっている。それはまるでダイヤモンドのような……ね」

「そうなんですよ！　この手の迷宮の壁は絶対に壊れないってことで有名なんですよ！　ありえないんです！」

「だが、エフタルの弟子……アナスタシアだったかな？　良く考えてみるがいい」

「あ、はい。どういうことなんですか？」

「ダイヤモンドというのは炭素の塊だ。そして、そうだと仮定するのであれば攻略法は簡単なのさ」

「簡単？」

そこでクスっと楽し気な笑いを混ぜて、炎神皇《クリフ》は言葉を続けた。

「――ダイヤモンドは火に弱い」

「いや、クリフ……人の弟子に滅茶苦茶《めちゃくちゃ》なこと教えるなよ」

「ふふ、僕なりの冗談ってやつさ」

「昔から思ってたが、お前の冗談は常人には分かりづらいんだよ」

まあ、確かにダイヤってのは炭素の塊で……実は火に燃える。

けれど、クリフが破壊しているのは岩壁で、もちろん炭素を燃やしているわけではない。

「あ、あの……本当にどういうことなんです？」

「あくまでも破壊不可っていうのは通常の範囲内……レベル10までの破壊魔法ならって話なんだよ。そこで――魔術師としてのクリフの特性が破壊力特化ってことは分かるなアナスタシア？」

「あ、はい！　四大属性でいうと炎ですからね！」

「そのとおり。知っての通り……炎ってのは最も扱いが難しいんだ」

「はい！　ええと、炎魔法っていうのは基本的には広範囲に向けてドカーンって感じで、細かい制御をするような魔法は少ないですもんね」

「そういうこと。それで今クリフがやっていることは単純だ。局地的な空間に熱量を閉じ込めて炎の刃《やいば》を作り出している」

そこでアナスタシアは何かを考え込み、眉間に皺《しわ》を寄せ始める。

「ええと、炎神皇《クリフ》様のレベル11：焰《ホムラ》っていうのは……確か一面を焼き尽くす大爆発魔法ですよね？　うーん……。つまりは大爆発の熱を一点集中してるってことですか？」

「ああ。極めて局地的にだが、その温度はレベル12……いや、岩盤を削っている最高点だと13に達しているかもしれん」

「レベル13って……。あ、いや……でも……おかしいんです！」

「何がおかしいと思うか言ってみろ」

と、ここでようやくアナスタシアは、真剣な表情を作った。

どうやら、俺が魔法の原理についての座学的な教育を施していることに気づいたらしい。

「大爆発という形で周囲に熱量をまかずに、一点突破……それによって超高温を達成するという理屈は分かりました。でも、それって……制御が滅茶苦茶難しいというか不可能な領域なのでは？　そんなことができたら爆発魔法で火力一点突破みたいなことは……世界中で広く行われているはずなんです」

「正解だ。炎神皇《クリフ》でもできないし、俺にもできない。世界中を探したってそんなことができるやつはいないだろう」

「で、でも現実に起きているわけですよね？」

「だが……二人でやるってのなら、この世界中でそれが可能な人間は一組だけ存在する。つまり、クリフの魔法を俺が制御しているわけだ」

「……ご主人様が制御？」

「そのあたりの理屈は、俺の身体能力における神域強化の演算をマーリンがやっているのと似ているな」

「つまり、炎神皇《クリフ》様は火力を上げることだけに専念して、局所空間に熱を閉じ込めたり、あるいは周囲に被害が出ないようにする……空間的な熱操作はご主人様がやっていると？」

「ご明察だ」

うんと頷くと、アナスタシアはニコリと笑う。

けれど、すぐに彼女は納得がいかない風な表情を作る。

「でも、世界で一組だけってご主人様もおっしゃってますし、とんでもない連携の絶技ですよね？　そんなことって……即興でできるものなんですか？」

「もちろん、互いのクセを知り尽くしていないとできない芸当だな」

「それこそ、マーリン様とご主人様のように？」

「そういうことだ」

「いや、でも……お二人は四百年ぶりなんですよね？」

「その昔、俺たちは儀式魔法でレベル11を実現させてるしな。その頃に散々にその手の練習はやってたんだよ。今だと……そうだな。儀式魔法でなくても俺はレベル11：四皇《シコウ》を扱えるし、数秒もかからずに俺単独よりも強力なレベル11を……四人で合わせて作ることはできるだろう」

「なるほど……。しかし、これは本当に驚きなんです。まさか本当に……最短距離で突っ切るとは……」

と、そこで炎神皇《クリフ》から「終わったよ」と声が聞こえてきた。

見ると、確かに炎神皇《クリフ》が溶かしていた壁には、人が通れるほどの穴が開いていた。

そして、その穴の先に広がる広間を見て、アナスタシアの表情に驚きの色が混じる。

「ま、魔物がたくさんいるんです」

言葉の通り、そこには鳥の魔物の姿が十体程度見えた。

そしてその姿は炎の鳥——不死鳥ということで、高度の討伐難度を誇る魔物であることは明白だった。

そうして、不死鳥を見た瞬間に、ギルドマスターは狼狽《ろうばい》した様子でこう言ったのだ。

「その魔物は炎の化身であり……火属性は効かんぞ！　そこの赤髪……っ！　炎の魔術師は今すぐ後ろに下がって、他の魔術師を前衛に出すんだっ！」

ギルドマスターはそう叫ぶが、そんな言葉は炎神皇《クリフ》にはどこ吹く風という感じだった。

炎神皇《クリフ》は無造作に魔物が巣くう向こう側に足を踏み入れる。

そして、すっと右掌を掲げて不死鳥たちに、死神の宣告を行った。


「レベル10：雷神皇《エフタル》」


広間に咲き乱れたのは、炎の鳥の断末魔に彩られた――紫電の華。

そして瞬く間に、雷撃によって全ての不死鳥が死体となって床に転がることになる。

っていうか、さすがに俺も十八番《おはこ》を奪われた形になると苦笑するしかない。

「生憎《あいにく》だが、レベル10までの攻撃魔法と銘を打たれたものであれば、僕に使えないものはない」

そして、ギルドマスターは――。

そんな炎神皇《クリフ》の姿を眺め、ただただ呆然とその場で立ち尽くしていたのだった。

☆★☆★☆★

「ス、ス……スレイプニルだっ！」

氷結地獄《コキュートス》の最奥──。

広い鍾乳洞《しょうにゅうどう》に出たところで、俺たちの眼前に巨大な馬が現れた。

伝承に曰《いわ》く、オーディンが騎乗する八本脚の軍馬ということで、実際に目の当たりにしたその馬の脚は八本。

体高は四メートル、体長は六メートルといったところか。

漂ってくる魔力からは、その魔物が並みでないことを窺《うかが》わせていて、冒険者が恐怖のあまりに大声で叫んだのも無理はない。

「ほう、これは美しい馬じゃな。我のコレクションに一匹欲しいくらいじゃ」

なるほど、コイツが欲しがるということは……。

並みの魔物ではないどころか、相当に厄介な相手のようだ。

けれど、スレイプニルの不幸は、こちらには五人も厄介な魔術師がいて、そのうちの一人が絶望的に加減のできない男だったということ。

「レベル11：焔《ホムラ》」

発生したのは、限定空間内での小規模核爆発。

もちろん、スレイプニルは一瞬で消し炭になる。

そして炎神皇《クリフ》はコキコキと肩を鳴らして、欠伸《あくび》混じりに言葉を一つ。

「しかし、本当に歯ごたえがないね」

「おいクリフ。今の魔法だが、俺が周囲との熱遮断をしてなかったら、ギルド員とアナスタシアとシェリルまで焼け焦げてたぞ？」

「そのとおり。だからこそ僕は火力に全振りで全力全開できるわけだね。火力こそが正義にして至高――。ふふ、火力以外の他の面倒なことを考えなくていいとなると、エフタルと組むのも存外悪くない」

まったくこの男は……、殴ってやろうかと拳を握る。

だが、炎神皇《クリフ》のおかげで最短走破ができたわけだから、今回に限りここは引き下がっておこうか。

と、まあそんな感じで、炎神皇《クリフ》が満足そうに笑っているところで、サーシャが大きく頷《うなず》いた。

「それでは説明を始めようかの」

「ああ、そうだな」

サーシャに促され、俺はアージェの街から連れてきた冒険者ギルドの連中に呼びかけた。

「と、いうことで、死体はこの最深部――鍾乳洞の広間に散在しているわけだ」

考えてみれば当たり前の話だ。

ダンジョンで一番死ぬ可能性が高いのは、当然ながら迷宮の最深部。

古代遺跡関連では最後にボス格の守護者がいるタイプの遺跡が多く、必然的に死亡の危険性も高くなる。

「魔物も既にあらかた片付いているし、ここから先は運び屋《ポーター》それぞれに動いてもらって死体を集めてもらうことになる」

そこまで言うと、運び屋たちの表情がキリっと真剣なものとなった。

それについても当たり前の反応で、魔物はあらかた炎神皇《クリフ》や俺が片付けたとはいえ、完全に排除はしていないのだ。

鍾乳洞の中には、闇の深いところもあるし物陰もある。

そこに魔物が潜んでいて、バッタリと出くわす……と、そんな災難に遭うことも当然あるわけなんだからな。

っていうか、こちらとしても気を引き締めてもらわないと困るので、この反応は嬉しい限りだ。

「ちょっと待ってもらいたい！　私から話があるっ！」

「……どうしたんだギルドマスター？」

「君たちの実力については理解した。今までの私の数々の物言いについては……全ては私の無知によるものと謝罪しようっ！」

確かにこのオッサンは口うるさかった。

が、謝罪までするようなことはないと思うがな。

炎神皇《クリフ》のノリが滅茶苦茶《めちゃくちゃ》だったのもあるし、このオッサン自体はギルド員を大切にしてるってだけで……悪意もないし。

「……それで？　こちらも急ぎだ、手短に願いたい」

「それでも……やはりギルドマスターとしては一言……言わずにはおれんのだ。言わせてもらってもいいだろうか？」

「構わない。言ってみてくれ」

「君らが捜しているのは古代の魔術師の死体という話だね？　君たちも知っての通りにこの鍾乳洞に……多くの死体はあると私も思う」

「ああ。それで？」

「しかし、見ての通りに鍾乳洞は……広間になっているとはいえ、柱の密集地などで、ところどころ入り組んでいる箇所もあるわけだ。闇もあれば物陰もあって、魔物も潜んでいるだろう。そして自慢でないが——我がギルド員には、この最深部の魔物と相対して、一撃で死なぬ者は一人もおらん！」

チラリと、アナスタシアの方を見てみる。

すると、彼女は予想通りに「本当に自慢になってないんです！」とでも言いたげに、呆《あき》れたように大口を開いていた。

と、まあそれはさておき、ギルドマスターの心配もおっしゃるとおりではあるな。

「言いたいことは分かったよ。だが、こちらとしても依頼金も渡しているし、さすがにここにきて働きませんっていうのは通じないぞ？」

「いや、何もこちらは働かないとは言っていない。ただ、連携の上で安全確保を確約してほしいのだ」

「連携？」

そう尋ねると、ギルドマスターは大きく頷いた。

「先ほど君が言ったように、ギルド員それぞれが動くのではなく、ある程度固まった人数で動かしてほしい。その上で君たち魔術師のそれぞれがグループを率いるように護衛してくれれば、安全確保もできよう」

「確かに、単独だから危険ってのは分かる。グループ形式で俺たち一人一人がリーダーとしてギルド員を見るなら、即座に対応も可能だし……何よりも目が行き届く」

「そういうことだ。そうしてもらえれば、こちらも安心して仕事ができるのだ」

「だが……鍾乳洞は広大だ。ここでの作業は三時間しか予定していないし、グループ単位で動いていたら時間がいくらあっても足りない。全員一人一人で一斉に散らばって探索するのが一番早いんだよ」

「つまり、君は命よりも効率を重視すると？」

そう言うと、ギルドマスターのコメカミに幾本もの青筋が走った。

っていうか、このオッサンもかなりの瞬間湯沸かし器だな……と、苦笑する。

「君はギルド員の命をなんだと思っているのかねっ！」

「いや、そういう問題じゃねーんだよ」

「だったら、どういう問題だというのかっ⁉」

「そもそもグループ単位での即席の下手な連携なんざ、どれほど役に立つかも分からんだろ？」

「だが、個人で動くよりは安全なことは明らかだ！」

「だから、そういう問題じゃねーんだって。つまり――」

と、そこで俺は氷神皇《アイザック》と、土公神皇《イターム》に視線を送った。

「――こっちは長い付き合いで、既に実績もある手段を確保してる。即席の雑な連携なんざ受け入れられない」

ギルド員の安全の確保は、最初からこちらもちゃんと考えていることだ。

後ろからの不意打ちにしろ、遠距離からの突然の魔法攻撃にしろ、あるいは正面から堂々と襲い掛かられるにしろ。

つまりは、俺たちがやるべきことは、とにかく護衛対象を確実に守りきれば良いということ。

そして、そういうことをさせて、この二人の右に出るやつはいない。

「ってことで出番だ。アイザック、イターム」

☆★☆★☆★

鍾乳洞内に所在する、白い柱の密集地帯。

地表から生えている大きな柱の近くを――シェリルが歩いていた。

そして、小さな柱の物陰から、二足歩行の雪男のような魔物が七体ほど飛びだしてくる。

雪男の速度は相当に速く、シェリルは反応ができずに、あっという間に雪男に囲まれてしまった。

速度を一つとっても、彼我の実力差は明白だ。

まともにやれば、雪男はシェリルをすぐさまに肉塊へと姿を変えてしまうだろう。

「危ないっ！」

こちらから向こうに投げかけられたのは、ギルドマスターの悲鳴にも似た叫び声。

はたして、彼の視線の先では、雪男たちが一斉にシェリルに飛び掛かっている光景が繰り広げられていた。

グシャリと、雪男の拳がシェリルの顔面に突き刺さる音。

続けて、フットスタンプでズドンとシェリルを踏みつぶす音。

そうして最後に、そこらに落ちていた大岩をシェリルに打ち付ける音。

雪男たちのそれぞれが、シェリルに向けて攻撃を繰り出し、そして――。

「な、な、なあああああ！　そんなバカなあああああ！」

ギルドマスターの絶叫が、鍾乳洞内に響き渡った。

と、いうのも雪男たちの攻撃を受けたシェリルが立ち上がり、「はてな？」とその場で
……棒立ち状態で佇《たたず》んでいたのだ。

「む、む……無傷だとっ⁉」

「と、まあこういった具合になる」

隣に立つギルドマスターの肩を軽くポンと叩《たた》く。

続けて、俺はシェリルに向けて掌《てのひら》を掲げた。

「レベル８：雷神撃《トールハンマー》」

「君っ⁉　それではあの少女も巻き込んで――」

ギルドマスターの心配の通り、雷撃はシェリルをもろともに雪男たちに炸裂《さくれつ》する。

でも、まあそこは当たり前。

なんせ、今回の俺の目的はデモンストレーションだ。

これくらいハッキリと効果を見せないと、冒険者たちも心配するだろうからな。

「レベル８の雷魔法を受けて……年端もいかぬ子供が……無傷……だと？」

「魔法に巻き込んだのはワザとだが、加減はしていない」

ギルドマスターの顔色が、どんどん青白いものになっていく。

そうして、信じられないとばかりに、ギルドマスターは大きく大きく目を見開いたのだ。

「雪男自体もそれなりの魔物だ。レベル8でようやく一撃で殺せたってところだからな」

「……そんな強力な魔物に囲まれて……一斉に攻撃を受けても……子供が無傷だったと？」

「そういうことだ。おいシェリル！　もう良いぞ！」

そう言うと、シェリルが嬉《うれ》しそうにこちらに小走りで向かってきた。

で、俺の前で立ち止まって、自分の頭を指さしたので、掌で偉いぞとばかり撫《な》でてやった。

ってか、犬みたいな動きと態度だな……と、それはさておき。

「しかし、シェリル。なんでこんな実験にロクに話も聞かずに、二つ返事で付き合ってくれたんだ？　普通は断ったり……もう少し色々聞くだろ？」

「……エフタルの言うことは絶対。エフタルが安全だと言うなら、それはもう間違いなく安全なので」

ここまで信頼されると、嬉しいをとおりこして……少し怖いな。

と、うすら寒い何かをシェリルに感じていたその時、アナスタシアが目を白黒させてこう言ってきた。

「でもご主人様、これは……どうなってるんですか？　どうしてシェリルちゃんが無傷なんですか？」

「まあ、そこはアレだ」

「はい、アレとおっしゃると？」

「アイザックとイタームは防御魔法のエキスパートだからな」

「……なるほど」

と、素直にアナスタシアは首肯したわけだが……。

まあ、師匠的な立場である俺としては、四皇の権威だけで有無を言わせずに納得してしまうような、そんな思考停止が癖になっても困る。

「つまりは、レベル9の氷魔法による物理障壁、そしてレベル9の土魔法による物理障壁、並びにレベル9の氷と土による魔法障壁。その結果が――」

「シェリルちゃんの無傷ってことですか？」

「そういうことだ。その気になれば、こいつらはレベル10の防壁も常時で張れるがな」

「ええと、それはつまり、ここにいる全員が絶対防御を得ると……そういうことですか？」

「絶対防御は言い過ぎだがな。ま、仮に魔物に襲われたとしても、運び屋《ポーター》は、一発二発まではならダメージは全く受けないだろう。で、敵の攻撃を察知した瞬間、アタッカーの俺とクリフが出向いて一瞬で対処する」

「……完璧な作戦なんです」

我ながら、さすがにここにスキはないと思う。

そう思いながらギルドマスターに視線を向けてみると、彼はアゴに手をやって何やら考え込んでいた。

「いや、だがしかし……君。それはレベル9の防壁の重ねがけなのだよな？」

「ああ、そういうことになるな」

「二十人の全員に……？　それも三時間もかけ続けると？」

「だから、さっきからそう言っているだろ？」

そう言うと、ギルドマスターは掠《かす》れるように声を絞り出した。

「不可能だ。そんなことができる人間が……この世に存在するはずがない」

「だが、ギルドマスターならもう流石《さすが》に分かってるだろ？　俺たちなら……それができるってな」

そう告げたが、なおもギルドマスターは「信じられん……」と呟《つぶや》いた。

けれど、最後には彼も諦めたように首を左右に振って、呆れたように優しい笑みを浮かべる。

「……こんな次元の魔術師が存在するのであれば……それはもう何でもありということではないかね？」

どうやって返答すべきかな。

初代四皇と言っても意味が分からんだろうし……。

と、そんなことを思っていると、炎神皇《クリフ》が口を挟んできた。

「そのとおり。だからこそ僕たちはこう呼ばれているんだ」

炎神皇《クリフ》の言葉を受けて、ギルドマスターはゴクリと唾を飲み込んだ。

「そ、そうだ。君たち……いや、貴方《あなた》たちは何者なのですか？　何と呼ばれているのですか？」

その問いかけに、炎神皇《クリフ》はコクリと小さく頷《うなず》いた。

「魔術の――皇《スメラギ》」

☆★☆★☆★

と、まあ――そんなこんなで。

スメラギとか言われてギルドマスターはポカンとしてたが、そんなこと突然言われても意味分からんのは当たり前の話だ。

本当に空気が読めないというか、人の心が理解できないというか……。

と、それはさておき、ようやくあの時点で本当の意味でのギルドマスターの協力を得た形になったわけだ。

なので、そこから先は話が早かった。

ギルドマスターが率先して指揮を執り、一糸乱れぬ物凄《ものすご》い統率を達成。

そして、とんでもない勢いで、発見した死体が一か所に集められていくことになった。

ちなみに、元々運び屋《ポーター》には、それぞれ巨大な棺桶《かんおけ》のような運搬具を持ってきてもらっている。

死体はスケルトンタイプがほとんどなので、一つの棺桶には十体以上の素体を詰める余地はありそうって感じだな。

最悪の場合は何度か往復することも考えていたので、ここは一安心といったところ。

心配していた魔物の奇襲についても、最初の三十分程度でおさまって、今は俺と炎神皇《クリフ》、そしてサーシャも含めたアタッカー三人は手持無沙汰という風な感じになっている。

作業進捗としては一時間半で半分程度……まあ、予定していた三時間を超過することはないだろう。

「ところでエフタル……？」

と、そう切り出したサーシャ。

その表情には不安の色が混ざっている。

「古代魔術師……というか、リッチーの兵団についてはこれで目途が立ったわけじゃな」

「まあ予定通りに順調って感じだな」

「じゃが……本当に大丈夫なのかえ？」

「大丈夫っつーと？」

「バルタザールじゃ。世界魔法陣で弱体化させるとは言え、規格外の化け物なのじゃろう？」

「ああ。だから、俺らは地道に死体集めとかやってるわけだからな」

そう言うとサーシャは押し黙り、眉をへの字にしてこう言った。

「ぶっちゃけ、バルタザールの手の内を知ってるのはお主だけじゃからな。そろそろ教えてくれても良いのではないか？」

まあ、不安になる気持ちも分かる。

と、いうのもみんなと合流してからすぐにここに向かって、ほとんど話をする時間も作っていない。

ザックリとした敵の戦力も伝えていないというか……。

バルタザールの手勢である龍《りゅう》機兵に至っては、サーシャたちは存在すら知らないわけだからな。

「しかし、地上最強の魔術師として名高い、天下のサーシャにしては弱気な顔色じゃねえか？」

「我としても格上を相手にするなぞ、ここ最近は久しくなかったわけじゃしの」

「いや、それを言うならクリフの時もそうじゃなかったか？」

「あの時は、基本的に我が考えてお主が乗っかった形じゃろ？　今回はお主が全ての段取り組んでおるし……ぶっちゃけ物凄く不安じゃ」

まあ、俺なりには対処策は色々と考えてはいる。

とはいっても、きっちりと話を詰めたところでの、サーシャの意見は聞いておきたいのも本当のところだ。

ここで素体を集めた後も準備に忙殺されるのは明らかだし、ゆっくりしているこのタイミングが丁度良い頃合いかもしれないな。

「そうだな……。それじゃあ相手の戦力をまとめておこうか。まず、バルタザールの戦力なんだが……」

「ふむ。レベル12の魔法を扱うという話じゃな」

サーシャの問いに、俺は首を左右に振った。

「いや、それがどうにも……違うようなんだ」

「どういうことじゃ？」

「正確にはレベル12以上の魔法を使うということで、俺たちがレベル12だと……勝手にそう思い込んでいたというのが正解だな」

「……なぬ？　レベル12……以上じゃと？」

瞬時に絶望の表情を浮かべるサーシャだが、ここで嘘《うそ》を言っても仕方がない。

「奴《やつ》が開示した情報によると、その魔法はレベルにして14に到達している」

それを聞いて、サーシャのコメカミの辺りが何度かヒクついた。

「いやいや、いくらなんでもそれは想定外じゃぞ？」

まあ、氷神皇《アイザック》とアナスタシアを並べた時の戦力差が、ザックリそれくらいだろうってことだからな。

術式構築速度やら魔法の組み立てやら……。

他にも要因はあるし、扱うことのできる魔法難度がそのまま戦闘能力の違いとまでは言えない。

が、さすがにそこまで離れていたら、小細工ではどうにもできないのもまた事実。

「世界魔法陣は、強制的に相手の扱う魔法レベルを2下げるデバフじゃ。向こうのレベルを12まで引き下げたとして、こっちの最大火力は11……算数が合わんぞ？」

「とはいえ、こっちの人数を考えれば、レベル12までならギリギリで対処の方法がある……。と、そう言いたいところではあるんだが問題があるんだ」

「……問題？　これ以上に問題があるのかえ？」

「奴にはレベル13以下の攻撃魔法は通用しない。自分が扱える最高レベルよりも低い攻撃魔法を強制的にキャンセルする……そういうアーティファクトを持っている」

そう告げると、サーシャはしばらくフリーズする。

そしてしばしの沈黙の後、能面のような表情を作ってこう言った。


「……ハァ？」


「十賢人の託したアーティファクトってことだ。で、効果は聞いての通りに笑えるほどに絶大だな」

「それは……さすがに……」

「まあ、そもそも奴は俺たちを敵として認識していない。完全に舐《な》めているわけだが、調子に乗るのにもちゃんと理由があるってこった」

「いやいや、笑えぬ冗談なら勘弁してほしいんじゃがの？　こちらの攻撃を一切受け付けないって話じゃろ？」

その問いかけに、俺は肩をすくめてため息をついた。

「冗談なら楽で良かったんだけどな。まあ安心しろ、直接的な攻撃魔法以外は通る……つまりデバフについては作用するからな。それと無効化する攻撃魔法は、デバフ適用後の難度になるからここも安心してくれ」

「……うぬぅ。でも、攻撃を一切受け付けないんじゃろ？　もう、こうなってしまえば、我だけ一人で逃げても良いかの？」

「はは、勝てる算段があるうちは、師匠は絶対に逃げねえだろ？」

そう尋ねると、サーシャは忌々し気に舌打ちを行った。

「……何でもお見通しみたいな顔しおってからに。まあ、確かに今の話だけなら突破はできんでもないわ」

良し、ここは予想通り。

こっちに世界魔法陣がある以上は、サーシャと俺……あるいは炎神皇《クリフ》なら、ここまではギリギリで何とかできる。

「でも、ガチンコでヤバいのは、そこじゃねーんだよ」

「本当に勘弁するのじゃ。まだ何かあるのかえ？」

ああと俺は小さく頷いた。

「機械細工の人形が一番ヤバい」

「うぬ？　機械人形？　お主が単独で乗り込んだ時に、切りまくったという話ではないか」

「ええとだな……。デバフの効かない……俺たち初代四皇クラスの兵隊が千体もあると言えば、どれだけヤバイか分かるよな？」

そう言うと、サーシャはニコリと頷きこう言った。

「本当に、一人で逃げてもかまわんか？　一人なら、我は逃げきれる自信あるぞ？」

なので、俺もニコリと笑ってこう返した。

「勝てる算段があるうちは、師匠は絶対に逃げねえよ」

「で、どういうことなのじゃ？」

「運び屋《ポーター》が作業を終えるまで一時間半……か。今から話をするから、一度で概要を摑《つか》んでくれ」

決戦前夜の最終調整

サイド：剣神皇

突如として、世界各国の空に現れた巨大物体。

各国首脳たちは狼狽《ろうばい》し、即時に魔術学会本部が発生地だと特定するに至った。

そして精鋭の人材が招集され、各国連合は調査隊を繰り出すことになったのだ。

つまり、その白羽の矢が立ったのが、現在空から魔術学会本部の様子を窺《うかが》う我々となる。

こちらの人数は三人と少ないが、我々の任務はあくまでも調査となるわけで、この場合はむしろ少数精鋭が望ましいだろう。

「しかし、さすがは剣神皇ですね」

古風な魔女の服装――。

トンガリ帽子に白髪が印象的な、ローブに身を包んだ女魔術師がそう尋ねてきた。

「さすがと言うと？」

「飛翔《ひしょう》魔法は数あれど、そのどれもが簡単なものではありません」

「ああ、そのことですか。私は剣技を活《い》かすためにあらゆる技術を修めています。まあ、空中からの剣撃は多くの場面で有用ですし、そのために必要な魔術師の真似事《まねごと》程度なら……私にもできます」

事実、私が扱っている魔法の難度は大したことはない。

これは連続した透明な足場を空中に用意するもので、重力魔法の応用であるだとかの高度なシロモノではない。

「しかし、急な招集に剣神皇が応じられたのは、心強い限りですな」

ガッハッハと笑っているのは、大盾を持った大男。

全身を包む無骨で仰々しい重鎧《じゅうがい》は、彼の浮かべる豪快で人なつっこい笑みに比べ、酷《ひど》くアンバランスなように私には見えた。

「こちらも、エーベルハルト卿《きょう》――アイギスの大盾と呼ばれる英雄殿とご同行できて恐悦の限りです」

「それを言うならこちらのお嬢さん……聖域の魔女、リーリヤ＝アバカロフと同行することにこそ喜ぶべきでは？」

「まあ、それは確かにそうですね」

「ここに不死皇でもいれば、それこそ世界最強のメンバーと自称しても大げさではありませんな！」

　エーベルハルト卿は「ガッハッハ」と豪快に笑った。

　その太陽のような明るい笑みを見ていると、一面の黒の世界に若干の光が差し込まれたような気になってくるから不思議なものだ。

「しかし確かにこの短期間で、よくぞこの三人を集めたものですね」

と、言ったのは聖域の魔女。

　それはマーリン殿と双璧をなすと言われている魔術界の重鎮だ。

　エーベルハルト卿にしても、近接最強の呼び声が高い武人の中の武人で——是非とも一度手合わせを願いたいと思っていた御仁である。

「ところで剣神皇、世界最強と言えば、貴方《あなた》の師であるブレイト殿は？」

　弟子のナオミたちを近くの街に置いて、いの一番にこの場に私が馳《は》せ参《さん》じたには理由がある。

と、いうよりも私は元々からして魔法学院都市に向かっている旅路の途中だったのだ。

　土公神皇《イタームエフタル》に誘われた後、消息を絶ったマーリン殿と不死皇と、そして雷神皇《エフタル》。

　更に言えばそれ以前に、魔術学会絡みで姿を消している我が師——武神・ブレイト。

　雷神皇《エフタル》と我が師の二人は旧友であり、共に魔術学会をきっかけにして姿を消している。

と、周囲にキナ臭いモノを感じて不審に思っているところに、今回の謎の超巨大浮遊物体事件が起きた。

――魔術学会本部で何か重要なことが起きているのは間違いがない。

雷神皇《エフタル》には借りがあるし、そもそも我が師も危険に晒《さら》されている可能性が高い。自分の腕が彼らに及ぶとは到底思えないが、私の周囲で動けるまともな武芸者がいなくなったからには――。

やはり、私がこの場に赴いたのは必然と言うしかないのだろう。

「生憎《あいにく》と師は行方知れずでしてね。しかしリーリヤ殿。これが魔術学会本部なのですか？」

眼下を見下ろしそう言うと、フルフルと聖域の魔女は首を左右に振った。

「私も魔法学院都市に身を寄せていたことはあります。が、その記憶によると答えは否《いな》だと答えざるを得ないでしょう」

「と、おっしゃると？」

「まるで一夜にして建物が差し替えられたかのような……そういう言葉が適切な状況となりますね」

「まあ、確かにアレは、どこの地域の建築様式にも一致しない異常なものに見えますね」

そう言うと聖域の魔女は小さく頷《うなず》いた。

「特殊外壁加工された……コンクリート、あるいは強化セラミックといったところでしょうか」

「コンクリート？　セラミック？」

「私は古代魔法文明と関わりが深いのですよ。この建物は……おっしゃるとおりに、明らかに我らの文明圏に属するモノではありません。最大限の警戒をお願いします」

つまりは、これは尋常ならざる力によって現れた建築物ということか。

と、なると……やはり、ここで間違いない。

我が師が消えた理由は、そして雷神皇《エフタル》が消えた理由はここにある。

「ともかく、突入しましょう」

はたして、鬼が出るか蛇が出るか。

そうして私たちは屋上に降り立ち、その端に所在する階段から内部へと侵入したのだった。

☆★☆★☆★

「はは、まるで巨人の住処《すみか》ですな」

重装の兵士――アイギスの大盾とも呼ばれるエーベルハルト卿は苦笑した。

まあ、それもそのはずで階段を降りると、そこには五十メートル四方の通路が建物の端から端まで延びていたのだ。

「ガレオン船でも運搬するための通路でしょうか？　それにしても大げさですが」

と、私がそう言うとリーリヤ殿が「最大限の警戒を」と、再度私たちに警鐘を鳴らしてきた。

一キロほど続く通路を目の当たりにした、つい先刻。

私たちは一瞬だけ立ち止まり、進むか否かを迷ったが、すぐに歩を進め始めた。

危険は最初から承知の上だし、ここで帰ってしまえば調査もなにもあったものではない。

少なくとも、危険を感じるまでは我々に撤退の二字はない。

そのことは、あらかじめの打ち合わせで決定している事項でもある。

「皆さん。我が師とも関連する話なのですが……事前にお伝えしていた通り、状況によって私は調査パーティーから離脱する可能性があります」

「そういう話でしたな。と、いうと、まさかこの内部で武神が囚《とら》われているとでも？」

「それが分かれば苦労はしないのですがね」

実際のところ、雷神皇《エフタル》や不死皇までもが囚われていることまで想定できる。

が、それを言ってもこの二人を不要に不安にさせるだけだ。

「しかし、そうなるとアレですな」

「何でしょうかエーベルハルト卿？」

「つまりは貴方は、武神の消息調査のためにこの場を訪れたわけでしょう？　と、なると、私と聖域の魔女の二人を……貴方は道中の護衛に利用しているということでは？」

「それは……まあ確かに。しかし、もとよりそういう話で、私たちは了承の上でこの場にいるわけでしょう？」

「ええ、そのとおり。二人で突入するよりも、たとえ途中まででも貴方と組んだ方が生存確率が高い。そういう打算ですな」

「ならば何も問題はない。違いますか？」

と、言ったところでエーベルハルト卿はピシャリと言い放った。

「ただし、我々も思うところはあります。途中で抜けた場合は……護衛代金くらいは頂きたいものですな」

「代金？」

アイギスの大盾と呼ばれた男にしては、中々に俗っぽい性格をしているようだ。呆《あき》れそうになったところで、エーベルハルト卿はニカリと笑った。

「帝都で美味《うま》いソーセージを食べさせる流行《はや》りの立ち飲み屋がありましてな。その場合は是非とも一杯おごっていただきたい」

「……え？」

と、そこでリーリヤ殿もクスリと笑った。

「そういうことなら私も是非とも同行を。ただし、私は浴びるように飲みますので、あしからず」

どうにもこの二人は、実力だけではなく性格までも爽やかな人格者たちらしい。

即席のメンバーにしては、よくぞここまで運に恵まれたものだと本当に思う。

「ええ。貴方たちとなら良い酒が飲めそうだ」

そしてそのまましばらく歩を進め、通路の半ばに差し掛かったその時。

弛緩《しかん》しかけた空気が一瞬で引き締まり、全員が通路の先――突き当りに視線を送った。

「しかし、あの姿は……何ですかな？」

珍妙だ……と言いたげなエーベルハルト卿の様子に、私は同意する。

遠視の魔法でマジマジと眺めたところ、その姿は――

「リザードマン……なのでしょうか？」

突き当りの曲がり角から現れた、爬虫類型《はちゅうるい》の亜人の数は二十程度。

そのサイズは人間とほぼ同じといったところだが、体表が銀色で……。

いや、アレは魔導機械兵の類だと、そこで私は気が付いた。

「龍を模した人型の機械――龍機兵。古代魔法文明では警備で良く使われていました」

「しかし、古代遺跡の類では、龍《りゅう》を模した機械魔導兵器など聞いたことがありませんよ？」

「……答えは単純。ここは遺跡ではなく、今現在も正に生きている施設ということです」

張り詰めたリーリエ殿の空気に、私たち二人はゴクリと唾を呑《の》んだ。

「さて、どうしましょうか？」

二人に尋ねるも、返事はない。

来た道を振り返ると、既に道の半ばほどは進んでしまっている現況となる。

「いや、愚問でしたね。既に逃げも隠れもできない」

エーベルハルト卿が大盾を構え、私たちの前方に出る。

続けて剣を抜いた私、そして最後方に短杖《たんじょう》を構えたリーリヤ殿という布陣が完成する。

「そもそも、この通路からして、侵入者を逃がさないための罠《わな》ということでしょう」

「是非も無し……というところですな」

そうして、私たちは未知の魔導兵器との臨戦態勢に入ったのだった。

☆★☆★☆★

一閃《いっせん》の下に——最後の龍機兵を切り捨てる。

周囲に転がるは都合二十三の魔導兵器の残骸、その全てが起動停止していることを確認し、私は「ふう」と息をついた。

と、その時、エーベルハルト卿が大きな声で警戒を呼び掛ける。

「……後続が来ましたぞ！」

言葉のとおり、突き当りから更に二十の増援の姿が見えた。

そこで私は剣を構えて、呼吸を整えることに専念する。

相手の移動速度から察するに、すぐに再度の交戦となるのは明白だったからだ。

と、そこで、甲高く美しい——歌うような声色が、通路の奥に向けて投げかけられた。

「レベル10：星瞬《ノヴァ・ブラスター》」

リーリヤ殿が短杖を前方に向けると同時、全てを薙《な》ぎ払う白色の閃光《せんこう》が突き当りに向けて伸びていく。

そして、けたたましい爆発音が発生し、一撃の下に龍機兵は粉々に吹き飛ばされたのだ。

「これは……凄《すさ》まじいですな」

エーベルハルト卿《きょう》と同じく、私もその絶技に言葉を失う。

「ええ、さすがですねリーリエ殿。しかしレベル10は……四百年前に失われし力なのでは？」

「他にもレベル10を扱う人間はいるでしょう？　例えば不死皇であるだとか」

「いや、あの方の場合は千年以上前から生きる魔術師でしょう？」

「……仕方ありませんか。少しだけカラクリを明かすと……私の出世の地はこの大陸ではなく外の世界なのです」

「外の世界？　未踏破領域のことなのでしょうか？」

「ええ、そして私の役目はバランスの調整。人には過ぎたる力――危険な遺跡があればこれを調査し、そして封印する。そういう役目を帯びています」

「……しかし、未踏破領域出身者なぞ、聞いたこともありません」

「それが故のレベル10です。それ以上は機密事項ですので、勘弁願えませんでしょうか？」

なるほどな……と、私は息を呑む。

初代雷神皇《らいじんこう》の生まれ変わりやら、聖域の魔女やら。

次から次に、私の周囲に現れるレベル10を扱う者。
これまでの私の知る世界はあまりにも狭く、そしてそこに広がっている真実の世界は
……本当は広いと。
つまりはそういうことなのだろう。
「しかし……」
と、私は、周囲に散らばるバラバラになった機械細工に視線を落とした。
――脆《もろ》すぎる。

この程度の力しか扱えない者が、我が師を捕らえる力があるとは到底思えない。

「どうなされたのですか、剣神皇？」

「龍機兵は魔術師に換算するとレベル6～7級を扱う程度の力……私の見立てではこうです」

「ええ、そうですね。私の見立てでもそうなります」

と、すれば……雷神皇《エフタル》の弟子のマーリン殿であれば、二十体以上相手にして手玉にとることは可能となる。

雷神皇《エフタル》やサーシャ様に至っては、単独で数百の殲滅《せんめつ》も容易だろう。

「空の上にある馬鹿げた大きさの物体。その状況を作り出した何かがここにあると考えると、その警備戦力としてはあまりにも……」

そこまで言ったところで、施設の照明が赤一色に染まった。

そして、耳をつんざくけたたましい音が聞こえてきたのだ。

「何ですかな、この音は!?」

エーベルハルト卿の叫び声に、リーリエ殿の表情が青ざめていく。

「アラーム音ですっ！　警戒をっ！」

その瞬間、通路の突き当りに一体の龍機兵が見えて――

――瞬間の出来事だった。

私の目で捉えることができたのは、龍機兵の初動と……動作の終わりだけ。

つまりは、初動として突き当りの向こう側に見えたことと、そして途中の動作は何もなく、気が付けばエーベルハルト卿の眼前に立ち、無造作にその機械の腕を振ったこと。

「あ……びゅ……」

腕を振る。

ただそれだけの動作でエーベルハルト卿の胴体が、大盾と重鎧《じゅうがい》ごと真っ二つになった。

そして次の瞬間――ドシャリと、そんな音と共にエーベルハルト卿は、その場に内臓をまき散らしながら崩れ落ちた。

「何だ……ソレは？」

そして再度の瞬間移動。

続けて、龍機兵はリーリヤ殿の背後に現れた。

今のは微《かす》かに目で追うことができたのだが、それが故に私は絶句する。

これは瞬間移動ではなく、ただの超高速移動。それも、近接戦闘に特化している私が反応できない速度となる。

まだ魔法などによる瞬間移動であれば救いもあった。が、ただの地力でこの速度を出すことができるとすれば――勝機はない。

次の瞬間、ヒュオンと風切り音が通路に響きわたった。

「か……は……っ！」

リーリエ殿の腕が飛んだ。

回転し、赤い血をまき散らし――。

そして腕は床に接着すると同時にバウンドし、コロコロと転がり停止した。

──これは不味《まず》いっ！


そう思った私は剣を振りかぶり、龍機兵に突撃する。

「……消えた⁉」

が、言葉の通りに龍機兵は私の視界から消えていた。

「どこだっ⁉」

完全に翻弄されている形になっている。

右に左に頭を振るも、やはり龍機兵の姿はどこにも見当たらない。

「上ですっ！」

リーリエ殿の声を理解すると同時に私は動き、神速の動きで剣を振った。

続けて、中空でカキンと音が鳴ると同時に火花が散る。

リーリエ殿の助言を受けたうえで、ほとんど勘だけでギリギリ防御ができたといったところだ。

「なんだ……コレは？」

私よりも強い人間なんていくらでもいる。

そのことは十分に知っているが、それでも私は剣神皇だぞ？

この私をして……動作の影すら追わせぬとは。

と、そこで私は、生まれて初めて、絶望の笑い声と言うべきような、そんな忌まわしい声色を自身の口から発した。

「……はは……なんだそれは？　ははは……冗談も大概にしろよ」

消えたと思った次の瞬間には、リーリエ殿の首が切断されていた。

――速いなんてものではない。

何をされたかも分からぬ内に、次々と人が死んでいく。

圧倒的な力。

そして、圧倒的な理不尽に、ただただ私はその場で立ち尽くすことしかできない。

私も、エーベルハルト卿も、そしてリーリヤ殿も。

その全員が決して未熟という話ではない。だが……文字通りに一切の太刀打ちができない。

「しかし……何故《なぜ》に急に？」

この龍機兵は、見る限りは先ほどまで我々が相手をしていたのと同じ種類だ。

確かにさきほどは、魔術師のランクで言えばレベル6～7程度の戦力だったはずなのに……。

それが一瞬でレベル10クラス、あるいはそれ以上にまで跳ね上がったように見える。

そして、龍《りゅう》機兵はゆっくりと私に向けて、一歩を進めてきた。

今度は、超高速で仕掛けてはこない。

その理由は私一人では、龍機兵にとって一切の脅威ではないと判断されたと、そういうところだろうか？

「しかし、剣の皇帝と呼ばれる者が……近接戦闘で何もできないとはな。このような化け物がこの世に存在するとは……剣の無力を初めて知った。そんな気分だ」

自嘲気味にそう呟《つぶや》いたところで、龍機兵の背後から懐かしい声が聞こえてきた。

「それは剣が無力なわけやない。お前が未熟なだけやで」

龍機兵に振り落とされるは、キラリと煌《きら》めく剣の一閃。

微かに蒼《あお》い炎を帯びた刀身――。

ヒノカグツチと呼ばれる魔剣を繰る、その舞うような動き。

そして何よりも、私にすらそこにいることを今まで気づかせなかった……東方の古武術である忍びの、隠密《おんみつ》の技。

「あ……あっ！」

真っ二つにされた龍機兵が床に転がり、フンと我が師は鼻を鳴らした。

「――ブレイト様！」

「えらい久しぶりやな、馬鹿弟子よ」

そう言ってニカリと笑ったのは、それはつまり――初代雷神皇と旧知の仲で知られる武神ブレイトその人であった。

☆★☆★☆★

「エフタルのクソボケが復活しとるってマジかいな？　転生ってホンマに……相変わらずあのジジイは無茶苦茶《むちゃくちゃ》やな」

三千世界随一の美丈夫と呼ばれる、我が師――ブレイト。

細いながらも鍛えこまれた肉体は天上の美を思わせ、絹のような質感のブロンドの長髪。

無論、端整で中性的な顔立ちは非の打ちどころもない。

「と、まあつまり……そんな感じでワイはバルタザールのド腐れに一杯食わされ、無様にここで捕まっとったわけやな。ほんまにケタクソ悪いっていうたらこの上ないで、正味の話」

確かに、容姿は女性と見まがうほどに美しい。

だがしかし……言葉遣いがとにかく汚い。

まあ、この辺りが初代雷神皇《らいじんこう》とウマがあった理由の一つとも言われているが、それはさておき。

「しかし、さすがはブレイト様です。龍機兵を一撃とは」

感嘆のため息とともにそう言うと、ブレイト様は「ちゃうねんちゃうねん」と首を左右に振った。

「ほれ、ここ見てみ？」

見ると、ブレイト様の右手から微かに血が流れていた。

それはつまり――。

人間技と思えぬ次元で、舞うように見切りをするブレイト様が……龍機兵の攻撃を見切りそこなったことを意味する。

「と、まあ、こんな感じや。ワイとしても余裕のよっちゃんって相手でもあらへんわけな」

「……」

初代四皇と同格と呼ばれた剣の天才。

あるいは、武の化身ともいえるこの方が……手傷を負った？

その衝撃の事実に、ゴクリと私は唾を呑《の》む。

「お怪我《けが》は大丈夫なのでしょうか？」

「ああ、んなもん唾つけときゃ治るで。せやけど──」

と、ブレイト様は「お手上げ」とばかりに肩をすくめた。

「さすがにワイでも一度に相手するには二、三体が限界の相手やな」

「……」

「で、そこで質問やねんけどや」

「はい、なんでしょうか？」

「アレ、何匹に見える？」

ブレイト様の指さす先の突き当り。

最早《もはや》、増援が湧く場所としてはお馴染《なじ》みとなっていたそこからは、やはりワラワラと龍機兵が湧いて出てきていた。

しかし、今度は数が異常に多い。

その数は十や二十では到底きかずに……百に迫る風に見える。

「この数の龍機兵の……全てがあの力を⁉」

「せや、絶対に勝てへん」

「ど、どうするおつもりなのですか？」

と、そこでブレイト様は私に近づき、ひょいっと私を小脇に抱えたのだ。

「ちょっ⁉　ブレイト様⁉」

「ってことで、トンズラや」

「逃げるって、どこにっ⁉　ここは一本道の通路で、相手の速度は異次元ですよ⁉」

「無茶苦茶っていう言葉は、別にクリフやエフタルの専売特許やあらへんわな」

そう言うと、ブレイト様は天井に向けて飛び上がる。

「闘気剣：煉獄《れんごく》の技」

片手で剣を抜くと同時、ブレイト様の愛剣：ヒノカグツチから膨大なオーラが溢《あふ》れだした。

そしてそのまま、闘気と炎が混ざり合った光と熱で、天井が溶けるように抜けていく。

「ま、天井切ってしまえば脱出可ってところやね。あの個体は施設内だけがナワバリやし、追ってもこやへんってわけ」

屋上までを一気に抜けて、屋上の床面に着地。

それと同時にブレイト様は、私をその場に無造作に放り投げた。

「しかし……恐ろしい敵ですね」

屋上に投げ出される形。

受け身を取りながらそう言うと、ブレイト様はニヤリと笑った。

「そのとおり。アレをどうこうするのは……中々に骨が折れるで」

「しかし、どうして急にあれほどに力が増したのでしょうか？」

「アラーム音が鳴ると、機械の龍人に強烈なバフがかかるみたいやな。で、見ての通りにそれぞれがワイやエフタルみたいな力をもっとるわけや」

「……つまり、この施設は初代四皇クラスの戦力を百程度所有していると……そういうことでしょうか？」

考えるだけでも、気の遠くなるような戦力だ。

それだけをもって世界の制圧すらも可能である――そんな途方もない事実に身震いせざるを得ない。

「いや、ワイが知る限りはアレが千体くらいはおるで」

「……は？」

「せやから、アレが千体はおるんや」

「いや、それは……つまり？」

「そそ、お手上げっちゅうやつやな」

「それだけの力を持つ……相手の目的や要求は何なのでしょうか？」

そう尋ねると、ブレイト様はあっけらかんとした様子でこう答えた。

「現行文明の破壊。まあ平たく言えば、人類のほとんどの死滅やな」

「それはつまり……世界の危機で……対処の仕様もないということなのでは……？」

それ以上に言葉が出てこない。

そして、絶句する私を見てブレイト様はニヤリと笑った。

「まあ、お前みたいな凡人やったらそう思うやろな」

「と、おっしゃると？」

「今の世界にはエフタルのクソボケがおるんやろ？　だったら何の問題もあれへん」

「何をおっしゃっているのか分かりません。龍機兵はそれぞれが、雷神皇と同じ領域の力を持っているという話でしょう？」

「この状況であのボケがこの場に現れへんってことは、裏でコソコソやってるっちゅうこっちゃ。で、裏でコソコソやってるっちゅうことは、勝ちに行ってる途中っちゅうこと。アイツが勝負を捨ててへんってことなら、何の問題もあらへんのや」

「……そのようなものなのですか？」

「ワイは、絶対にあのクソボケだけは敵には回したくはない。アイツはそういう奴《やっ》やさかいな」

ブレイト様の表情はいつもと変わらず自信に満ち溢《みあふ》れていて、その瞳には一点の陰りも疑いもない。

まあ、ここについては……私には分からない世界があるのだろう。

しかし、ブレイト様をしてそう言わしめるとは、やはり雷神皇《らいじんこう》というのはとんでもない存在なのだろう。

「それではとりあえず、共にこの場を脱出しましょうか？」

「え？　なんでや？　お前が帰るんはええけど、なんでワイが帰らなあかんねん」

「なんでとおっしゃいますと……？」

「いや、せやからワイはバルタザールに一杯食わされたわけやろ？」

「はてな？」と私は小首を傾《かし》げる。

「しかも、これってエフタルが一枚嚙《か》んどる勝ち戦って話やろ？」

「……？」

「せやったら、このビッグウェーブに乗っからんと損やないかい。バルタザールのド腐れを一発殴らんと収まりもつけへんわ」

と、そこで思わず私は笑ってしまった。

つまりは、久しぶりのブレイト様だったが……まあ、いつものとおりの平常運転だと。

確かにそうだ。この方が殴られっぱなしで黙っているはずもない。

　そういえば雷神皇《らいじんこう》の性格もこんな感じだと聞いたことがあるが、似た者同士というものは惹《ひ》かれ合うのだろうな。

「しかし、本当に雷神皇を信用しているのですね」

「ま、昔からの付き合いやからな」

サイド：エフタル

「それがバルタザールの龍《りゅう》機兵の概要となる」

そこまで語り終えたところで、冒険者たちの作業進捗度は概《おお》ね終了という頃合いになっていた。

「ふむ……」

サーシャの表情は暗いが無理もない。

何しろ相手は、初代四皇クラスの力を持つ機械兵が千体という話なんだからな。

「まあ、強化前の一体一体はたいしたことはない。レベル6～7以上の魔術師であれば十分に対処可能な程度の戦力だ」

「確かに話のそこだけを切り取れば、我やお主がおれば完封できる感じじゃの。じゃが強化後が問題なわけじゃろ？」

「ああ、そのとおりだ。龍機兵が外部からの攻撃を受けたことを監視役が認識した瞬間、アラームが作動してバフが入る。相手方の危険認定の度合いによるが最速の場合はコンマ数秒……いや、それ以下の時間だな」

「ふぬ？　監視役とな？」

「建物……いや、魔法学院都市の外だな。東西南北の上空にそれぞれ十キロくらい離れて、監視役というか球体の機械がいるんだよ。魔法による視界遮蔽も不可、壁なんかの物理的な遮蔽物も意味をなさず、その目は何でも見通す――千里の魔眼だ」

「うーむ……。で、その龍機兵とやらは機械が故に、生物のみに作用する我の世界魔法陣デバフも効かないって話じゃろ？　それってぶっちゃけ詰んでおらんか？」

「なんせ一対一のガチンコで、俺たちそれぞれと殴り合えるようなのが千もいるわけだからな」

困ったなという風に、サーシャは頬《ほお》を膨らませる。

これは相当参っている感じなので、さすがにここらで助け舟を出しておこうか。

「ただし、普通ならな」

「と、いうと？　どういうことじゃ？」

「相手の強化システムの流れとしては……。監視役が危険を察知して、施設に脅威を知らせてアラームが発動。そこから施設の強化システムが作動して龍機兵が強化される。んでもって、強化された瞬間に攻略は無理ゲーになる。そこまでは分かるか？」

「……うむ。それでどうやって、その強化システムを突破するというわけなのじゃ？」

「逆に問うが、サーシャはどうすればいいと思う？」

「ふーむ……」

サーシャは懐から水筒を取り出した。

そして一口水で唇を潤し、しばしの長考に入る。

「ま、簡単な話じゃの。つまりは、アラームを鳴らさなければよろしい」

「そういうことだ。あとは強化前の龍機兵をボコボコにすりゃあ良い」

「で、どうやるんじゃ？　大本の監視役を最初に消せばいいという感じじゃろうが……簡単な話ではあるまいに」

「確かに簡単ではないな。と、いうのも向こうも最初に監視役を潰す作戦は見越していて、四体の監視役は相互監視が前提とされているわけだ」

「つまり、一体でも攻撃すれば……」

「その場でアラームが発動して詰む」

「むう……それはまた厄介じゃの」

と、頰を膨らませたサーシャは水筒から水を口に再度運んだ。

普段はほとんど水を取らないので、かなり焦っている様子が伝わってくる。

「だが、ここまでの情報で攻略法の回答を出すことはできる」

「うぬ？　回答とな？」

「話をまとめるとだな……。施設上空に陣取る四体の球体は、相互監視と施設内の龍機兵に対する危険監視をしているんだ。それで、そのどれかを潰せば、最速でコンマ一秒以下のタイムラグでアラームが入る。で、アラームが発動すれば一巻の終わりで、超強化された魔導機械兵がわんさか出てくるって寸法だ」

「それでどうするわけじゃ？」

「だから、まっすぐ行ってぶっ飛ばす。作戦は以上だ」

「……」

「……」

「……ふざけておるのか、お主は？」

「いや、至って真面目だよ」

と、言いつつも俺はニカリと笑った。

まあ、話の切り出し方はフザけてるが、言ってる内容が大真面目なのも本当のところなんだよな。

「監視役を潰すにしても、相互監視をしておるから……。監視役を一体でも潰せばそこでアラームが鳴って詰む。故に攻略はできぬという話じゃろ？」

「察しの悪い野郎だな。要は一撃で全てを吹き飛ばせばいいってことだ」

「いや、それは不可能じゃ。だって、それぞれ十キロくらい離れておるんじゃろ？　お主はその範囲を一発で爆撃できるのかえ？　無論、我でも余裕でそれは無理じゃ」

と、フルフルとサーシャは首を左右に振った。

「だから、複数で同時に一気に攻める」

「それも不可能じゃ。幾人かで遠距離魔法砲撃等をするにして、許される誤差はコンマ以下の刹那の時間。そのタイミングでの同時着弾じゃと？　前提として究極までに熟練した魔術師が……その上で連携までを極めておらねば左様なことは成立せんっ！　古今東西、そのような連中がどこにおる……」

そこまで言って、サーシャは「あっ」と大口を開いた。

どうやら、ようやく今、俺の頭の中で広がっている光景が見えたらしい。

「確かにそんな連中……ここにおるの」

そして、俺とサーシャは向こうで三人で話をしている炎神皇《クリフ》たちに視線を移した。

「連携のようなものをさせて、俺たち四皇の右に出るものはいないだろ？」

「まあ確かに……何だかんだでお主たちは息はピッタリじゃからの」

「とはいえ、やっぱりタイトな条件ってのは間違いないがな」

「じゃが、お主らならたとえぶっつけ本番でも合わせられるじゃろ。しかも二週間も連携調整の時間もあるしの」

大きく頷《うなず》いたサーシャを見て、安堵《あんど》する。

俺はコイツの喧嘩《けんか》の上手《うま》さは買っているし、そんなサーシャの同意は本当に心強いとしか言いようがない。

と、そこで人心地ついたように、サーシャは懐からチョコレートの粒を取り出した。

そしてそのまま口に入れて、「ふにゃあ」という感じでだらしない表情を浮かべたところで、サーシャは急に顔をしかめた。

「しかし、解せんな」

「解せんっつーと？」

「うむ。超強化ができるなら、ハナから龍機兵全てを強化していれば良い話じゃ。さすれば最初から無敵の軍団なわけじゃろ？」

「それは……古代文明というか十賢人といえども、万能じゃないってことだよ」

ふむ？　とサーシャは小首を傾げた。

「と、いうと？」

「あの施設は独立したシステムで運用されていてな。無尽蔵の資源で何でもありってわけでもないんだよ」

「つまり、普段から全力だったら……燃費が悪いと？」

「そういうことだ。だからこそ、風水上の要――つまりは魔術学会本部のある場所に、バルタザールは本拠地を構えたんだろう」

「風水……地下龍脈かえ？」

「ああ。あの施設は、魔法学会本部地下に流れる龍脈から、エネルギーを吸い上げているんだよ」

「確かに……。初代四皇千人分のような強大な力を常時供給していては、いかな龍脈といえども……この地域一帯は枯れてしまうかもしれん」

「そういうことだな」

「ともかく……これでバルタザールの龍機兵千体超強化は完封できるわけじゃ。一泡どころか、百泡吹かせられそうじゃな」

そう言うと、サーシャはニィっとばかりに小悪魔的な微笑を浮かべたのだった。

サイド：マリア

あれから時がたち――。
いよいよ明日の正午が、アイツがこの屋上にやって来る日時となった。

――アイツの取った選択は、服従ではなく反抗。


アイツのことだから、何だかんだでひっくり返してくれそうな気もするし、その算段もあるんだと思う。

けれど……と、私は、上空の九頭竜《くずりゅう》を見てため息をついた。

この圧倒的な存在感を目の当たりにすると、やっぱりどうにもならないんじゃないか……。


と、そんな気持ちにならざるを得ない。

実際にこの二週間というもの、世界各国からの調査隊やら討伐隊やらも何度も来ている。

けれど、それら全てが一切相手にならずに、瞬間で全滅させられているわけだしね。

それに、他にも気になることがある。

それはつまり、この地にずっと太陽の光が届いていないということ。

魔法学院都市は既にもぬけの殻なんだけど、街路樹なんかの植物は普通に残っていて、それについては枯れ始めているのもチラホラ見える。

遠くに見える森林なんかも似たような状況だし……。

それに太陽の光以外にも、雨も降っていない。たとえアイツがバルタザールを止めたとして――。

世界の色んな地域がこんな状況になっているわけで、農村なんかは早晩全滅なわけだし、そこからの難民やらの発生で世界的な混乱は絶対に起きる。

そう考えると、私たちは十賢人に目をつけられた時点で、星に生きる種としては最初から終わっていたのかもしれない。

と、陰鬱な気持ちで魔法学院都市の大通りの街路樹を眺めていると、私の目に魔導機械兵の姿が入ってきた。

「……アレが龍《りゅう》機兵？」

見えた龍機兵の姿は三体程度。

バルタザール曰《いわ》く、このキリングマシーンは、既にここに乗り込んできた人間百名を血祭りにあげたという。

「そういえば、お前は見るのが初めてだったか？」

しかし、話には聞いていたけれど、本当に二足歩行の爬虫類《はちゅうるい》みたいな見た目なのね。

同じく龍と名前がついていても、スヴェトラーナさんとは全然違う。

あの人たちみたいに、ほとんど人間のような見た目というわけでもなく、どちらかというとリザードマンの機械版といった感が強い。

「でも、そこまで強そうに見えないっていうか……」

サイズも人間程度だし、ゴーレムなんかの魔造生物としても……纏《まと》う魔力の量はそこまで大きくもないように思う。

と、そんなことを考えていると、バルタザールは満足そうに頷いた。

「そのとおり。事実、アレは脆弱《ぜいじゃく》だ」

「え？　でも、ここにやってきた世界中の強者が一瞬で殺されたんでしょ？」

そう尋ねると、バルタザールは「フン」と小さく鼻を鳴らした。

「そもそも何故にアレらが爬虫類――龍種を模しているか分かるか？　龍脈や地脈という言葉くらいは聞いたことがあるだろう？」

「……ええ。そりゃあね。これでも私も魔術師の端くれ……当然、魔法学院の一年生で習うようなことは全て頭の中に入っているわ」

「龍姫スヴェトラーナ。そしてその血族が何故に強大な力を有するか？　お前はそんなことを考えたことはあるか？」

「それは……そういう種族だからなんじゃないの？」

虎がそうであるように、あるいは獅子《しし》がそうであるように——龍は生まれながらに強い。

身も蓋もない話だけど、それは一つの真理でもあるわ。

「私が学院の教育官なら、今の回答では十点だな」

人を見下した感じを隠しもせずに、バルタザールは再度「フン」と鼻を鳴らした。

しかしコイツ、本当に人を苛立《いらだ》たせる天才なのだろうか？

やることなすことイチイチ偉そうで、全力で他人を舐《な》めていくスタイルなんだよね。

「なら、満点の回答を聞かせてもらおうかしら」

「良いだろう。龍種の強さの秘密……それは龍種のみが唯一、龍脈からマナを補充し有効活用できるということだ。連中は龍脈からの力を受け入れる器官が、生まれながらに備わっているのだよ」

「そんな話は聞いたことないっていうか……生物進化の観点からすると、それっておかしくないの？」

植物は光合成でエネルギーを作り出すわけだけど、現状の世界では色んな種類の植物が光合成の能力を持っている。

それは何でかって言うと、進化の枝分かれの過程、大本のどこかで光合成の能力を獲得したからだ。

で、そこから派生した植物は、光合成っていう便利な能力を引き継いでいるわけなんだよね。

でも、バルタザールが言っていることが本当だとすると……。

その器官は龍種しか持ってないって話なんだよね？

それで、そんな便利な能力を持つ生物が他にいない以上、彼らは生物進化の樹形図から外れた……そういう存在だということを意味する。

「そのとおり。アレらは元々はこの星に住むトカゲに、十賢人が生物兵器として遺伝子デザインしたシロモノだ」

元々、スヴェトラーナさんたちの力については反則級とは思っていた。

けれど、そういう事情があったとは……と、私は息を呑《の》んだ。

もちろん、バルタザールが嘘《うそ》をついてる可能性もある。

だけど、嘘をつくメリットもないし、コイツの自身の力を誇示したいって性格上、嘘をついてるってこともないだろう。

「そして、龍脈の力を利用した兵器群の究極進化系こそが――龍機兵となるわけだ」

「究極進化系……？」

ある種の威圧感までも伴ったバルタザールの言葉に、私は再度息を呑む。

けれど……と、私は大通りの龍機兵に視線を落とした。

うん、やっぱりそうだ。

纏う魔力も少ないし、言うほどに龍機兵は凄《すご》いとは思えない。

「本当にアレって、そんなにとんでもないシロモノなの？」

「まあ、本来のアレの姿を見ていないお前には分からん世界だ。そうだな……本来のアレ等《ら》の力は、それぞれが雷神皇《エフタル》に匹敵すると言えばいくらかでも想像がつくかな？」

「エフタルと同じ⁉　ちょっと待ってよ、アレって千体くらいはいるって話よねっ⁉」

顔から血の気が引いていくのが、自分でも良く分かる。

と、そんな狼狽《ろうばい》した様子の私を見て、バルタザールは楽し気に笑った。

「龍脈の力がアレ等に流れるまでは、お前の言うように脆弱な力しかもたない」

「が、しかし」とバルタザールは言葉を続ける。

「監視役が危険を認識し、その情報を基に施設が龍機兵に龍脈の力を送る。その一連の龍脈強化システムを古代魔法文明はガスパールと呼んでいてな。更に言うのであれば……」

「更にって……まだ何かあるっていうの？」

「ガスパールにも弱点はある。例えば、超広範囲爆撃で監視者の全てが破壊されたような場合、龍機兵は龍脈から力を得ることができずに、ガラクタのままだ。つまりはガスパールによる龍脈強化システムは致命的な欠陥を抱えているわけだ」

「……それで？」

「その欠点を十賢人が放置しておくわけもなく……龍機兵の開発は次の段階へと進んだわけだ」

次の段階って……。

千人のエフタルを量産するみたいな兵器で満足せずに、更に改良したって話？

九頭竜の時点で思っていたことではあるし、エフタルはもう決めちゃったことではあるけれど……。

やっぱり十賢人……。

ひいてはバルタザールを、私たちは絶対に敵に回しちゃいけなかったのかもしれない。

「実のところ、龍機兵は破壊されてからこそ真価を示す構造になっていてね」

破壊されてから？

頭の中がクエスチョンマークで埋まり、私は「はてな？」と小首を傾《かし》げる。

「まあ、別に破壊される必要もないのだがね。ともかく私が任意で決定を下した瞬間に、ガスパールの龍脈システムとは別の方法で、龍脈の力が龍機兵に流れてくる」

そして「クック」と、愉悦の笑みと共にバルタザールは言葉を続ける。

「数百に及ぶ龍機兵のそれぞれが部品となり、一つの巨大な器となる。そしてその器は、個体としての龍機兵を遥《はる》かに凌《しの》ぐ龍脈の力を受け入れることができる。それこそが龍脈の力の化身と化した機械龍：メルキオール。こちらの最大戦力にして最強の切り札だ」

「ちょっ……最大の戦力って……それはアンタよりも強大な力を持ってるってこと？」

そう尋ねると、バルタザールは大きく大きく頷《うなず》いた。

「無論、私ですら遠く及ばん。なにしろ一瞬でこの周囲一帯の龍脈のエネルギーを食いつくしてしまうのだからな。使いどころが難しいじゃじゃ馬のようなものだが……召喚術で言うならレベル20相当。つまりは完全無欠の殲滅兵器《キリングマシーン》だ」

レベル……20？

と、その場で私は崩れ落ちそうになる。

ってか、レベル20の戦力ってどういうことよ？

ええと、魔法学院の一年生でレベル１魔法だから、それってつまり……魔法学院の一年生とエフタルくらいの差があるってこと？

「そんなの……どうしようもないじゃない」

力なくそう呟くと、バルタザールは「何を当たり前のことを」とでも言いたげに肩をすくめた。

「もしも欠片《かけら》でも、私を相手にお前たちが何かをできると思っていたのなら大間違いだ。なにしろお前たちと私では、生命体としてのステージが違うのだからな」

サイド：エフタル

「と、そんな感じで絶対優位にあると、バルタザールは思っているはずだ」

あれからざっくり二週間がたって、いよいよ明日が殴り込みとなる。

ちなみに、屍霊《しれい》召喚術によるリッチー軍団については二日前に完成済みだ。

多少は突貫工事みたいなところはあって粗が目立つ部分もあるが、後はサーシャが指を鳴らすだけでトリガーが発動する。

ま、要はそれだけで、魔法学院都市内に死霊が溢《あふ》れる手筈《てはず》になっているってことだな。

それで——。

今、俺たちがいる場所は魔法学院都市から十キロ程度離れた場所で、何をやっているかというと最終調整の真っ最中となる。

つまりは、俺たちは焚《た》き火《び》を囲んだ野営地で突入の段取りを確認しているってことだ。

「しかしアレじゃの」

「どうしたんだサーシャ？」

「バルタザールだのガスパールだのが出てきたら、メルキオールが出てくるとは思っておったが、まさかほんとにそのまんま出してくるとはの……芸がないというかなんというか」

ここはサーシャのおっしゃるとおりだな。

東方の三博士だか三賢人だか……まあ、地球ではかなり有名な伝承の部類に入るだろう。

十賢人は宇宙規模の厄災なので、地球の伝承をモチーフにしているのは分からんでもない。

が、なんでサーシャが三賢人を知ってんだろう？

と言っても、こいつについては知識の出どころをツッコミ入れるだけ無粋だし、秘密主義者みたいなところがあるので教えてもくれないだろうが。

「しかし、レベル20とは大きく出たものよの」

「その割には……えらく楽しそうじゃないか」

俺の言葉の通りに、さっきからサーシャはニヤニヤとしっぱなしだ。

小悪魔的と言うか、意地悪と言うか……まあ、つまりは悪い顔をしている。

「うむ。だって、勝てるって話じゃからの」

「十中八九ってだけで、確実ではないがな」

「しかし、絶対優位で調子に乗っておる奴《やつ》の……吠え面《づら》を想像するとゾクゾクくるもんじゃのう」

と、そんな感じでサーシャが「カッカ」と笑ったところで、スヴェトラーナが声を荒らげた。

ちなみに、スヴェトラーナについては三十分前に合流したばかりだ。

無論、メルキオールの攻略法はおろか、ガスパールの対処法すらも伝えていない。

っていうか、今の最終調整の趣旨は、主にスヴェトラーナに突入手順を教えるという意味合いだから、それは当たり前の話だ。

「ちょ、ちょっと後輩クン!?　レベル20とか……そんなのお姉さんは聞いてないわよ!?」

「ああ、なにしろ言ってないからな」

あっけらかんとそう言うと、スヴェトラーナは更に声を荒らげてきた。

「レベル20の相手をするなんて、そんなの――無謀を通り越して自殺じゃないの！」

と、これ以上ないというくらいにスヴェトラーナは狼狽《うろた》えまくっている。

が、そんな彼女の様子を見て、サーシャは心底嬉《うれ》しそうに大きく笑った。

「ふはは、こやつの無茶《むちゃ》は今に始まったことにあるまいに？」

「いや、それはそうだけれど、こっちの切り札は世界魔法陣なんでしょ？　機械相手にデバフは効かないし、そもそもからして使用魔法を二段階下げる程度って話でしょうにっ！」

スヴェトラーナの言う通りに、機械相手にデバフが効いたとしても焼け石に水だな。

レベル20がレベル18になっても、普通に考えてどうにもならんし。

「でも、本当にどうするつもりなのよ？　完全に詰んでいるようにしか……お姉さんには見えないけれど？」

「安心しろ。ちゃんと考えはあるから」

「いや、考えって言っても……」

と、そこでスヴェトラーナは「あっ」と何かに気づいたように呟《つぶや》いた。

「まともにやっても勝てないなら、まともにやらないって話かしら？」

「いや、今回に限っては機械龍《りゅう》：メルキオールと真正面から殴り合って突破する必要がある」

「うーん……。だから、それは不可能って話でしょう？」

そこでサーシャが「やれやれ」と軽く息をついた。

「のう、スヴェトラーナよ？　我らが何のために屍霊の集団を集めたと思っておるのじゃ？」

「それは戦力増強って話でしょう？　レベル7～10の使い手が百もいるんだから、そりゃあ凄い戦力で……」

「相手はレベル20とか、あるいは初代四皇クラスが千体じゃぞ？　焼け石に水という言葉がこれほど適切な状況はありゃあせん」

そう言われて、スヴェトラーナは不満げに頬《ほお》を膨らませる。

「でも、だったらどうして？」

と、スヴェトラーナの問いかけに、俺は小さく頷きこう言った。

「それはな――」

☆★☆★☆★

対処法を伝え終えると、スヴェトラーナは何やら考え込み始めた。

そして小さく「勝てる」と、そう呟いた。

「でも……後輩クン？　本当に貴方《あなた》……徹頭徹尾搦《から》め手で行くつもりなわけね？」

「メルキオールの対処については、ギリギリで真正面からの殴り合いの範疇《はんちゅう》に入ると思うがな？」

そう言うと、呆《あき》れたようにスヴェトラーナは苦笑した。

と、そこでサーシャが「しかし……」と口を開いた。

「まさか、氷結地獄《コキュートス》からの素体集めから、我や赤髪の小童《こわっぱ》の屍霊術から……何からなにまでの布石じゃったとは」

サーシャの言葉に続けて、炎神皇《クリフ》がクスリと笑った。

「そうですね不死皇。まさか僕たちの……いや、現在の魔法文明における屍霊術の最高傑作を捨て駒にされるとは」

炎神皇《クリフ》の言葉を受けて、俺は大きく頷いた。

「結論としては、持つべきものは、優秀な師匠とツレってことだな」

そう言うと炎神皇《クリフ》は「やれやれ」とため息をついた。

「バルタザールの記憶を読んで、龍脈に関する知識のブレイクスルーという部分はあっただろう。けど、根幹的には君の無茶な発想だよ？」

「いや……そこはどうなんだろうな？ やはり、バルタザールが俺たちを舐《な》め腐ってるってのが根本原因だ。最初から全力で殺しにこられたら、何もできずに全滅してるのは間違いない」

「そうじゃの。種さえ割れてしまえばと、そういうところはあるのじゃし」

ってことで……と、話を締めるべく俺はパンと掌《てのひら》を叩《たた》いた。

「話をまとめようか。まずは一点目のバルタザールの対策だ」

「うむ。そこは我の虎の子――世界魔法陣が火を噴くわけじゃの」

「ああ、世界魔法陣による弱体化を筆頭に、そこから先も策を被《かぶ》せた泥仕合で搦めとる。

そして次にインスタントに四皇クラスの戦力を千体作成するガスパールの龍脈システムだな。そこについては俺たち四皇が、監視球体を同時爆撃で一気に消し飛ばして終了だ」

三人に視線を送る。

すると、任せておけとばかりに氷神皇《アイザック》と土公神皇《イタームム》が胸をドンと叩き、炎神皇《クリフ》はやれやれと肩をすくめた。

「最後に大量の龍機兵を合体させて、一体の龍脈の力の化身となった……機械龍：メルキオール。それはさっき言った通りに対処する」

さて、これで手順の確認も終了だ。

後は明日の突入まで待つばかりといったところ。

そこで俺は、サーシャが何やら不安な表情を浮かべていることに気が付いた。

「どうしたんだサーシャ？」

「策の成る確率はそれぞれ高い。が、それでも……抜けなければいけない関門が多すぎはせんか？」

「確かにそれはそうだ。とはいえ、想定外の事態も起きず、ツキにも見放されなければ……十やって九は勝ちを拾えるだろう」

そう告げると、サーシャの表情に浮かぶ不安の色は更に濃いものとなっていく。

「ツキというのが心配なんじゃ。お主は……そもそも生まれた時から運が悪いじゃろ？」

「ん？　生まれた時からっつーと、どういうことだ？」

「魔法適性が無かったし……挙句の果てにはこんなことに巻き込まれて、仮に勝ったとしても最後には人柱となる運命じゃ」

「まあ、俺には幸運の女神はついていないだろうな。そこは認める」

「じゃろ？　結局のところ、勝負は時の運みたいなところは本当にあるしの」

「……そうだな。どうにも俺は幸運の女神には嫌われてるみたいだし、今後も俺には微笑《ほほえ》んではくれないだろう。だがなサーシャ？」

「ん？　なんじゃ？」

小首を傾《かし》げるサーシャに、俺はニカリと笑ってこう言った。


「転生の女神ならこっちについてるだろ？」


それを聞いて、一同は一瞬フリーズする。

そうして、俺の言わんとすることを完全に理解したようでそこで「どっ」と笑いが起きた。

「役に立つようでいて、そんなに役に立ってなさそうな女神じゃがな」

「いや、アレがいなけりゃ、そもそもからして詰んでただろうが。と、まあ、それじゃあこれで話は終わりだ」

　後は食って寝て――。

　そう思ったところで、アナスタシアとシェリルが「恐る恐る」という風に問いかけてきた。

「あの、ご主人様……ぶっちゃけ、私たちって足手まといですよね？」

「ああ、間違いなくな」

　大きく頷《うなず》くと、アナスタシアは涙を浮かべた。

「分かってはいましたが、そこまでハッキリ言うのは酷《ひど》いと思うんです」

「だから、どうするかはお前たちに任せる。俺と一緒に来るも良し、どこか遠くで隠れるのも良し……好きにしろ」

「ついていっても良い理由って……前に言っていた、私たち二人はご主人様の手に届く場所に置いておきたいってことなんですか？」

　その問いかけを受けて、俺はしばし思案する。

　そして、懐から小さな袋を取り出した。

「それもあるが、さすがにそれだけじゃない。お前たちだからこそできることもある。もしも俺と一緒に来るなら、お前たちの基本方針はアイザックとイタームに隠密《おんみつ》と防御魔法をしこたまにかけてもらってからの……潜伏して間隙を突く戦法だ」

「雑魚だからこそ、相手に警戒されないことを最大限に利用しろってことですよね？　それでこの袋は……？」

「バルタザールの特性を良く考えてみろ。そうすれば策はあるってことだ」

「特性？　ええと……相手はレベル14までの魔法を使いこなし、自身の扱う最高レベルの魔法よりも低い攻撃魔法を受け付けない……そんな正真正銘のモンスターですよね？」

「ああ」と頷いて、俺はアナスタシアの頭にポンと掌を置いた。

「そして絶大な力を持つが故に、全ての人間を見下して舐め腐っている」

そう言ったところで、アナスタシアは小袋の紐《ひも》を解いた。

そして、その中身を見て大きく目を見開き絶句する。

どうやら、俺の意図を一瞬で理解したようだな。この辺り、搦め手が基本戦術のアナスタシアは察しが良い。

「確かに……これなら一泡吹かせられるかもしれないんです。でも――」

「ん？　どうしたアナスタシア？」

「こんな古典的な方法が……。この究極ともいえる魔術師の戦いの中で……通じるんですか？」

「シンプルだからこそ、奇襲たりえる。まさかバルタザールも、この方法で焼かれるとは夢にも思わんだろ？」

☆★☆★☆★

夜――。

全員が寝静まった後、俺は一人で焚《た》き火《び》の前で物思いに耽《ふけ》っていた。

昔から、生き死にがかかっている戦いの前の晩は、あまり寝付けない。

いざ決戦の時に寝不足ってのも困るんだが、これぱっかりは仕方ないと半ば諦めている悪癖でもある。と、そこで――。

「眠れないのですか、エフタル様？」

「お前も眠れないのか？」

そう尋ねるとマーリンは小さく首を左右に振り、焚き火に鍋を置いて水を温め始めた。

「エフタル様が寝付けないのではと思いましてね。紅茶は如何《いかが》でしょうか？」

「はは、良くできた弟子だな。シェリルに爪の垢《あか》を煎じて飲ませたいくらいだ」

冗談半分にそう言ったんだが、真に受けたマーリンの顔が険しくなっていった。

「確かに、あの娘は……マイペースに過ぎます。弟子という感じは欠片《かけら》もありませんね」

「と、いうか、俺をまともに師匠扱いしてくれるのは、いまやお前くらいのもんだ」

アナスタシアやマリアの顔が脳裏によぎり、若干頭が痛くなってくる。

ここ最近は「僕」の方の俺が一切出ていないので、余計にそんなことを思うのはあるだろう。

「やはり少年の見た目ってやつは威厳がないんだろうな」

「それもあるでしょうが、あの娘たちの資質の方が大きいでしょう。なにしろ昔からエフタル様は……変なものばかり拾ってくるので……」

「それを言われちゃ何も言い返せんな」

おどけるようにそう言うと、マーリンは苦笑した。

そして、周囲はやがて静寂に包まれていき、湯を沸かす音だけが耳に届くようになった。

「……」

「……」

「……エフタル様？　本当に……勝てますか？」

こう問われれば、やはり俺としてはこう返すしかないんだろう。

「やる前から、負けた時のことを考える馬鹿はいない」

「僭越《せんえつ》ながら……腹案を述べてもよろしいでしょうか？」

「ああ、言ってみろ」

と、そこでマーリンは覚悟を決めたかのように「キッ」と唇を結んだ。

「今回については、私は実力不足という自覚はあります。故に、私は策の要の部分には絡ませてもらってはいない……違いますか？」

「無駄死にが出ないようにという配慮だ」

「つまりは、突入における私の役割のウェイトは低い。そこで提案なのですが、途中不測の事態等でどうにもならなくなれば……自己の判断で動く許可を頂きたいのです」

「どういうことだ？」

「実力不足であれば、それを無理やりに補います。そして、古今東西、魔術師が実力以上の力を発揮すると言えば方法は一つしかありません」

「……魔力暴走。自爆でも考えているのか？」

そう問いかけると、マーリンは大きく頷いた。

「私はバルタザールからすれば戦力とみなされていないはず。なればこそ、タイミング次第では……ハッタリ程度には有効かと」

「……」

「無論、最後の最後……最終の手段です。最も有効であろう私の命の使用法は、つまりは儀式魔法——命を燃やして暴走させた私の魔力で、威力特化の術式を紡いで……それをエフタル様が制御する方法でしょうか」

「……」

「私の命は四百年前にエフタル様に拾われた命——そうであれば、エフタル様の身を守るため、この命を捧《ささ》ぐことをお許しいただきたいのです」

と、そこまでマーリンが言った時、その鼻先にヒュっと風切り音が鳴る。

そして、マーリンの鼻先を、俺の放った裏拳が微《かす》かに掠《かす》めた。

「……エフタル様？」

「次に同じことを俺の前で言ったら今度は当てる。鼻っ柱をへし折るくらいじゃすまさんからな」

「……」

そこまで言って、俺はため息をついた。

「今まで何度か、こんなやり取りをしたことはあるよな？　その度に俺はお前を叱りつけてたはずだが、お前は本当に学ばない奴《やつ》だな……」

「……申し訳ありません」

と、そこで俺は立ち上がり、マーリンの肩をギュっと抱きしめた。

「でも、まあ——。無茶苦茶《むちゃくちゃ》ばかりする俺に……これまでついてきてくれてありがとうな」

「何をおっしゃって？」

「何だかんだでこれで最後だと思うと感傷的になっちまってな。お前くらいのもんだよ……呆《あき》れもせずに俺についてきてくれるのは。だから……ありがとう」

ははっと笑うと、マーリンも笑う。

そしてすぐに彼女は目尻に涙を溜《た》め始めた。

「エフタル様……？　そんなことをおっしゃるのであれば……私にも言いたいことは山ほどあります」

「ああ、言ってみろ」

「私を拾ってくれて、本当の子供のように大事に育ててくれて、愛弟子《まなでし》として厳しく育ててくれて……そして何より……四百年の時を超えて……もう一度私の前に現れてくれて……ありがとうございます」

途中からマーリンの声は完全に涙声になり、最後の方に至ってはほとんど聞こえなかった。

が、言いたいことは痛いほどに良く分かる。

ってか……いかんな。年を取ると涙もろくなるってのは本当のようだ。

つっても、体は少年なのに不思議なもんだ。

「こんな俺のことを師だと思っていてくれるなら、最後に一つだけ……無茶振りをさせてくれ」

「……何でしょうか？」

「俺より先にお前は死ぬな。自分を犠牲にして何かを成し遂げるなんて……そんなことを考えることは俺は絶対に許さん」

「貴方様《あなた》こそ……九頭竜の人柱になるつもりなのでしょうに？」

「いや、俺は良いんだよ」

「……それは何故《なぜ》？」

「俺はお前の師匠だからな。弟子が師匠のやることにつべこべ言うもんじゃない」

「本当に……エフタル様は厳しいことばかりをおっしゃいます」

その言葉にニコリと笑って応じると、俺はマーリンの頭をワシワシと撫《な》ではじめた。

それは四百年前――。

こいつがガキの時分にそうしていたのと同じように、遠慮のない乱暴なものだった。

総力戦

正午まで二十分を切り、後は予定通りに突入をかけるだけという頃合い。

つまり、魔法学院都市と目と鼻の先のところで俺たちは待機していたわけだが――。

サーシャが鼻歌混じりでこんなことを言い出した。

「ふっふっふ。我は自身のことを大天才だとは自覚しておったが、四皇の全員が我の弟子になるとは……これは、もはや人類の到達点まで登り詰めたと言っても過言ではあるまい」

ニコニコ笑顔の上機嫌。

この上ない至福といった感じで、サーシャは恍惚《こうこつ》の表情を浮かべている。

と、そんなサーシャを横目に炎神皇《クリフ》は不機嫌そうに自身の手の甲を眺めた。

「いや、別に僕たちは不死皇の一門というわけではないんですがね？」

「ふはは！　お主の甲にあるのは我が一門の秘術であるところのカウントダウンじゃ！　つまり、それが刻まれた瞬間に――我は四皇の全員を我が門下に置いたことになるのじや！」

まあ、要するに……。

同時攻撃のタイミングを合わせるために、四皇全員に便宜的にカウントダウンを刻んでいるのが現状ということだ。

炎神皇《クリフ》については「不死皇がうっとうしいので止《や》めよう」と何度か言ってきたが、そこは背に腹は代えられない。

と、いうのも実際問題、日本やらアメリカやらの警察とか軍隊でも、事案発生の際は敵拠点への突入の連携が一番難しいらしいからな。

この世界においては秒単位での正確な時計もないし、この方法が一番有効なのは間違いない。

「いや、だから僕は不死皇の軍門に降《くだ》ったわけじゃないですけどね」

「と、まあそういうわけで赤髪の小童《こわっぱ》よ。これでお主は晴れて我が一門となったわけじゃ」

しかし……さすがはサーシャだ。

全く人の話を聞いてないというか、そもそも耳に言葉が入ってない。

「それで赤髪の小童よ。全てが終わって今晩の話なのじゃが……ちょっと我に付き合ってくれんか？」

「今晩？　僕に何か用事でもあるんですか？」

「うむ。我は強敵との決戦の後は精神が高ぶるのじゃ。故に、今夜は我の部屋を訪ねてこい」

「死闘の後の精神的高揚については分からないでもありません。が、何故に僕が不死皇の部屋を訪ねなければならないのでしょうか？」

どうも、炎神皇《クリフ》はサーシャの言わんとすることを何一つ理解していないようだな。

でも、サーシャの男色の気は……当時から有名だったはずなんだがな。

が、友達が少ない炎神皇《クリフ》は、そのことを誰からも聞いたことがないのかもしれない。

「我が一門では一番の美形が我の相手をすることになっておる。つまり、この場合は一番美形の貴様となるのじゃ」

「僕が美形であることは否定はしません。が、言ってることの意味が分かりませんよ？」

「つまり、我の趣味は美少年を愛《め》でることなのじゃ！」

やっぱサーシャは凄《すご》いと、俺は驚きを禁じ得ない。

まさか、この土壇場にきて……平常運転とは……。

そして一同がドン引きの最中、炎神皇《クリフ》は露骨に舌打ちをしたのだ。

「……エフタル？」

「何だクリフ？」

「これは君の師匠ということなので、一応は許可を取っておこうと思ってね」

「許可っつーと？」

「聞くまでもないことだが、殺してしまっても問題はないよね？」

「今すぐは困るな。なんせこれでもこちらのメンツの最強の一角だからな。ただ、バルタザールをぶっ飛ばしてからなら問題ないぞ」

「くそっ、今すぐに殺せないのは不本意だが……了解したよ」

そこでガッチリと、俺たちは固く握手を交わした。

と、そんな感じで俺と炎神皇《クリフ》が紳士協定を結んだところで、サーシャは「冗談の通じぬ奴らじゃ……」と頬《ほお》を膨らませる。

「ってことでクリフ。サーシャの言葉じゃないが、本当に冗談はここらで終わりにしておこうか」

手の甲を見るに、残すところ十五分ジャスト。

そろそろ、先陣を切る俺たち四皇は配置につかないといけない時刻になっていた。

「さあ、始めようか。頼んだぞイタ－ム」

そうして、俺たちは土公神皇《イターム》に隠密《おんみつ》の魔法を重ねがけしてもらい、それぞれの標的に向けて駆けだしたのだった。

☆★☆★☆★

──残り時間は七十秒

東西南北の要の位置、それぞれのスタンバイが完了した。

九頭竜《くずりゅう》に蓋をされた暗闇の世界──。

空を見上げれば、そこには球体の機械の姿が小さく見える。

そしてアレこそが、俺たち四皇の最初の標的。

攻撃を察知されればアラームが発動し、龍脈《りゅうみゃく》からの力が龍機兵に流れ込むというガスパールのシステム……その要の監視役となる。

──残り時間は五十秒

土公神皇《イタームム》から受けた隠密の魔法に、更に自前の隠匿系の魔法を重ねがけしていく。

今回、バルタザールが用意している各種鉄壁のシステム、俺たちはその全てに対処法を用意した。

が、ただの一度でもミスればその時点で詰んでしまうほどに、タイトな綱渡りでもあるのもまた事実……ならば、できることは全てやっておく必要がある。


──残り時間は二十秒。


俺も含めて四皇の全員が、同時に瞬間移動魔法で上空まで一気に飛んでいるはずだ。

この瞬間、俺たちに許されているのは……完封の二文字しかありえない。

まともにやっても勝てないのなら、何もさせなければ良いという理屈。

雁字搦《がんじがら》めに相手の手足を封じ、そして一方的にタコ殴り──言うのは簡単で、我ながら中々に無茶だとも思うが、そうでなくては勝機はないのだから仕方がない。


──残り時間は十秒。

眼下三百メートルに位置する監視球体を確認し、掌《てのひら》をかざした。

——ロックオン完了。

手の甲のカウントダウンは一桁になり、俺は発動の瞬間に向けて魔力を練り上げていく。

さあ、泣いても笑っても……もう誰にも止められない。

——三

——二

——一

そして、小さく呟《つぶや》き、俺はバルタザールに向けての開戦の狼煙《のろし》を上げた。

「レベル10：雷神皇《エフタル》」

と、同時——。

東西南北の四つの空で、レベル10攻撃魔法の炸裂《さくれつ》音が戦場に鳴り響いたのだった。

サイド：バルタザール

もうすぐ正午になるというのに、屋上に雷神皇《エフタル》は現れない。

まさか降伏の提案を断るなどとは考えられないが――。

「しかし、遅い」

苛立《いらだ》ちと共に、私はそう吐き捨てる。

確かに自由奔放な性格だとは聞いていたが、まさかこの私を待たせるほどに豪胆だとは思わなかった。


――一秒でも遅れて現れた場合は、死をもって償わせるか？


そう思うが、私はすぐに考えを改める。

九頭竜の核については、マリアが自主的に協力するのが一番面倒が少ない。

故に、私としても短気に行動を起こすわけにもいかない。

ひょっとすると、そのあたりのことが分かっていて雷神皇《エフタル》は自分の値打ちを上げるために……あるいはこちらの我慢の限界を確かめるために、敢《あ》えてこのような行動を……？

だが、そうだとすればそれは愚かな判断だ。

あくまでも、アレ等《ら》は絶対者である私の情けの上で、命の存在が許される。

十賢人——絶対の神に次ぐ地位の私に対して、礼を失するなど許されるはずもないのだ。

そしていよいよ時刻は、後数秒で約束の正午になるところまできた。

「殺しはしないまでも、立場を分からせるために地獄の責め苦を与える必要があるな」

手足の一本でも切り落とし、皮でもはげば従順になるだろう。

と、そう思ったところで四方から同時に爆発音が鳴り響いた。

魔力の余波から察するに、その全てがレベル10級の爆発で……その内の一つの魔法名は
——。

「レベル10：雷神皇《エフタル》？」

そう呟くと同時、続けて魔法学院都市全体を——闇の魔力が包み込んだ。

と、同時、猛烈に沸き立ってくるのは……アンデッド特有の暗く濁った魔力と、そして
腐臭。

ある種の確信と共に、私は眼下に広がる魔法学院都市に視線を移した。

「……何だこれは？」

大量瞬間移動魔法？　それとも……屍霊術《しれいじゅつ》？

いや、違う。これは……その両方だ。

ともかく、都市のそこかしこに突如としてアンデッドが溢《あふ》れだしていた。

「見たところ、高位の魔術師……リッチーとも言うべき魔物だが……」

さて、どうしたものか。

何故《なぜ》にこうなっているかと言えば、思い当たるフシはないでもない。

けれど、それは合理的整合性が一切取れない常軌を逸した行動としか形容のできないものので……何一つ理解ができるものではない。

「何が起こっているのだ？」

そう呟くと、私の横で立っていたマリアが口を開いた。

「さっきの爆発のうちの一つはレベル10：雷神皇《エフタル》だったわ。オマケに今はアイツと約束した時刻よ。何が起きているかなんて、愚問も良いところじゃない？」

言われずとも、そんなことは私も分かっている。

だがしかし、それが故に解せんのだ。


――圧倒的戦力差は向こうも十二分に分かっているはず。

四点における同時攻撃で、ガスパールの龍脈強化システムは完封されたようだ。

が、それでもこちらにはメルキオールが残っている。

それはレベル20の召喚術式に相当し、更に言うならば、私自身もレベル14の術者だ。

このどちらについても、連中には対抗はおろか……傷を一つつける手段すら存在しない。

「勝機がないことなど、何よりも向こうが一番分かっているはずなのだよ」

「バルタザール。アンタには分からないかもしれないけど……人間ってのは感情の生き物なのよ」

「感情だと？」

「勝てる勝てない、あるいは損得の問題じゃないの。時に人間は、無茶《むちゃ》を承知で不合理な決断をくだすわ」

「……理解できん。巨大な象にアリが嚙《か》みついて、どうなるというのだ？　象は嚙まれたことにすら気づかないというのに……っ！」

「でも、どうやらアンタは象ではないみたいね。だって、嚙まれたことには気づいてるみたいじゃない。それにね……恐らく、アイツは勝つ気でいるわよ」

「勝つ気……私にか？」

「どうするつもりかは私には分からない。けど、事実……ガスパールの龍脈強化システムはもう突破されてるんでしょ？」

魔法都市内に点在している龍機兵。

それらは突如として現れたリッチーの兵団に襲われて……次々と破壊されている。

アラームも鳴っていないし、確かにこれを見ればマリアの言葉通りだと言わざるを得ないだろう。

「だが、それがどうしたというのだ？　元々、ガスパールのシステムは欠陥品だ。それが故にメルキオールの龍脈システムが開発されたわけだしな。それに、そもそもが奴《やつ》らの最高戦力であるレベル11攻撃魔法では私に傷をつけることはできない」

と、その時、見渡す限りの一面に閃光《せんこう》が走った。

――眩《まばゆ》いばかりの光の奔流。

通常人であれば、視界を確保するどころか、目を開けていることすらも叶《かな》わないだろう。

だが、私には分かる。今、何が起きているのか。

そして、地面から発生している、魔力を帯びたこの光が何なのか。そう、地面から溢れ出ているこの光は――

「魔法陣……っ！」

ここからでは、ただ突然に一面が光に包まれたとしか知覚できない。

が、成層圏あたりの上空から見れば、一本の線上において瞬時に、魔法学院都市を光が貫いた形となっているだろう。

今、我々が目撃しているものは大陸規模で描かれた魔法陣の一端。

その幅は……数キロという規模といったところか？

とどのつまりは、これは馬鹿げた規模の呪詛《じゅそ》型弱体化魔法陣——それを構成する幾何学文様の線の断片だということ。

と、同時に魔法学院都市全体に、猛烈な呪詛の力が伸《の》し掛かってきた。

「……さすがに……ここまで大げさに術式を組まれれば……私をもってしても弱体化は免れないか」

言葉の通り、魔力が抜けて魂の力が弱っていくのが分かる。

そしてその瞬間、私はレベルにして2程度、扱える魔法難度が下がったことを正確に理解した。


——しかし、この短期間でこの規模の魔法陣を描いたと？


いや、それは二週間という時間的にありえない。

と、するとコレは何者かが以前から……相当な時間をかけて用意していたものとなる。

だが、何故にそのようなことを？

別に最初から私に向けて用意されていたものでもあるまい。

　と、すると、明確な使用時期も、そして使用する相手も想定せぬまま、気の遠くなるような年月と労力をかけて作られたことになるわけだが……それは――

「常軌を逸しているとしか……言えん。誰だ⁉　気の遠くなる時間をかけて……このようなものを用意したのは……誰だというのだ⁉」

「私の知り合いには一人……恐ろしく長生きしている人がいてね。まあ、その人だとするなら、もう見た目から何から常軌を逸しているってのには同意するわ。それでねバルタザール、一つ言わせてもらっていいかしら？」

「……何だ？」

「前から思ってたんだけどさ。アンタっていつでも人を見下した余裕の表情で……本当に気に食わなかったのよね。でも、自分で気づいてるバルタザール？　アンタの顔から今――」

　と、そこでマリアは私に向けて、クスリと笑ってこう言った。

「――初めて余裕が消えてるわよ？」

サイド：スヴェトラーナ

「しかし……凄《すご》いものだな」

と、マーリンちゃんが感嘆の声を上げているけれど、確かに私もとんでもないと思う。

今、地平線の果てから果てまでを貫くように地表を走っている光の線――。

これが魔法陣の幾何学文様の線の一つ……それもほんの一部だなんて、そうだと言われても未《いま》だに信じられないくらいだしね。

「で、もう都市内には入っちゃっても良いの？　後輩クンとサーシャ様はそのまま突撃しちゃったんでしょ？」

「ああ、これはその瞬間にエリア全体にいる者に対して施される、呪詛による弱体化だ。今ならもう巻き添えは食らわん」

「しかし、本当にマーリンちゃんとは腐れ縁ね」

「物心つくかつかないかの頃からの仲……か。私も人生の最後になるかもしれん時にまで、貴様と一緒にいることになるとは思わなかったな」

感慨深げに頷《うなず》くマーリンちゃんに、私は何だか毒気が抜かれた気分になっていく。

「うーん……」

「どうしたのだ？」

「いつものように悪態でもつこうかと思ったのだけれど、ここは止《や》めておこうかしらね」

「何だ貴様は？　まさかこの場でも私と喧嘩《けんか》をするつもりだったのか？」

「いや、私たちって……今は仲が良いとは言えないじゃない？」

「……？」

「でも、一時期……確かに私たちは姉妹みたいに過ごしたこともあった。あの頃もそりゃあ喧嘩はしたけれど、基本は素直に笑って一緒に遊んで姉妹みたいだったじゃない？　子供の頃の話を出されて、なんとなくそんなことを思ったのよ」

　要領を得ないという風に、マーリンちゃんは息をついた。

「結局、貴様は何が言いたいのだ？」

「これで最後になるかもだから、一時休戦ってことよ。頼りにしてるわ」

そうして、私たちは魔法学院都市内に足を踏み入れたのだった。

☆★☆★☆★

機械龍《りゅう》メルキオール。

龍を模した龍機兵の数百体を組み立て、魔術学会本部地下を流れる龍脈の力の全てを注ぎ込んで作り出す——最強最悪の魔導兵器。

その力は驚くことなかれ、召喚術式にしてレベル20。

そもそもが九頭竜みたいなのを出してくる連中だから、そのこと自体はあながち無茶でもない話ではあるのよね。

それはさておき、機械に龍の姿を模させているのには理由がある。

と、いうのも私も含めて、龍族の力の根本は、龍脈から力の供給を受けることにあるという。

ま、人間とはちょっと違った感覚器官があったり、私たちの内臓器官は人間のソレとはちょっと違うとは知っていたけれどね。

で、元々龍族は、古代魔法文明時代に生物兵器として作られたっていうのも、以前から知っていたことではある。

と、いうのも遥《はる》か昔に私たちの祖先は、研究施設から逃げ出し外に出て、この星で土着の普通の生物としての基盤を作ったのよね。

これは血族の歴史としては知っていたことなんだけれど――。

ともかくそんな感じで、私たちは従順な兵器としては劣等生に近かったのよ。

だって、いかな力を持ってたとしても、生物としての自我があったんだもの。

後輩クンが言うには、そこでその失敗を踏まえて作り出されたのが、龍族の代用としてデザインされた龍機兵という話。

それで、ここが肝なんだけど、龍脈の力を利用するのは私たちと同じで、そのための器官を体内に所有しているのも同じってコトなの。


――だったら、お前が龍脈の力を横取りしろ、スヴェトラーナ。


と、まあ私に白羽の矢が立ったのは、そういった理由となるわけ。

「でも、後輩クンの言ってることって、無茶苦茶《むちゃくちゃ》だと思わない？」

「それで、実際に何とかなりそうなあたりが、エフタル様らしいがな」

笑ってそう言うマーリンちゃんだけど、まあそれは確かにそうなのよね。

後輩クンたちがこの二週間で作り上げた、色んな術式や魔道具。

そのサポートを受けて、私の体にはこれまでにない莫大《ばくだい》な力が流れ込んじゃってるんだもの。

っていうか、力の器として限界に達しかけているのか、恋する乙女もビックリなくらいに心臓もバクバク言ってるし……。

まあ、普通にこのまま力を受け入れたら、器としての私の体が耐えきれないのは明白ね。

文字通りに肉体が爆発しちゃうって話で、そこは後輩クンたちも言ってたもの。

だから、私は流れてきた力を——そのまま足元に流しているわけなんだけれど。

「でも、やっぱりエレガントではないわ。何なのよこの臭いは」

私とマーリンちゃんの足元には、巨大生物の腐った背中が所在している。

サイズ的には、龍化した私の十倍程度ってところかしら？

つまり、今、私たちが立っているのは、鼻が曲がりそうなほどの腐臭が湧き立つ——ドラゴンゾンビの背の上となるわけね。

「贅沢《ぜいたく》を言うな。むしろ光栄に思うのだスヴェトラーナ」

「光栄って言われてもね……」

「今、お前は紛れもなく最強の召喚獣を従えているのだぞ？　召喚魔術師として究極の次元に到達していると言っても過言ではない」

いや、別に私は召喚魔術師でもなんでもないからね。

オマケに自分の力じゃなくて、全部……後輩クンがやってくれたこと。

そんなもんで、最強召喚獣を従えてるとか、実感もクソもあったもんじゃないし。

でも、まあ、確かにこのドラゴンゾンビの力は尋常ではない。

レベル11クラスの術式を使って呼び出したリッチー軍団、それを触媒《サクリファイス》にして形作ったドラゴンゾンビの器――。

そこに私が横取りした龍脈の力を流して、今はレベル17相当ってところかしら。

まあ、レベル17の魔法なんて見たことも聞いたこともないけれど、扱っている魔力総量から逆算すれば実際にそんなところになっちゃってるから驚きよね。

「しかし、やはりエフタル様の読み通り、全ての力は横取りできなかったようだな」

忌々し気にそう呟《つぶや》くと、マーリンちゃんは前方を睨《にら》みつけた。

はたして、そこには次から次に押し合いへし合い、山を作っている龍機兵たちの姿。

まあ、徐々に合体して巨体を形成している……形成途中の一匹の機械の龍っていうところね。

「ともかく、レベル20の戦力を相手にして、状況を五分五分にもっていけただけでも奇跡と思わないといけないわ」

さて……とばかりに、私は眼前の機械龍から流れてくる魔力を分析する。

まだ形成途中だけれど、相手の魔力から察するに完成体のレベルは16相当ってところかしら？

こっちは17だから、普通に考えたらこちらの勝ち。

だけど、コトはそんなに単純じゃないのよね。

「で、スヴェトラーナ？　乗りこなせそうか、この腐ったじゃじゃ馬を？」

不安げに尋ねてくるマーリンちゃんに、私は「お手上げ」とばかりに両手を挙げた。

「私は召喚系統の魔術も屍霊術《しれいじゅつ》も一切修めていないわ。そんなもの、ぶっつけ本番でやれっていうほうが無茶《むちゃ》でしょう？」

頬《ほお》を膨らませてそう言うと、マーリンちゃんも「そりゃそうだ」という風に肩をすくめた。

「と、なると、ここは素人二人で……このドラゴンゾンビを操るしかないわけだ」

「翼と胴体の制御は私がやるわ。マーリンちゃんは手足をお願い」

「ああ、それでは手筈《てはず》通りに……とにもかくにも攻撃は一切考えずに防御に徹しろ」

「攻撃一辺倒が私の信念なのだけれど、さすがにここは仕方ないわね」

「そのとおりだ。他の三皇……屍霊術の専門家たる炎神皇様《クリフ》と、それをサポートするお二人が来た瞬間に、こちらの勝ちは確定するのだからな」

と、そこでこちらの準備は完全に終了。

私に流れてくる龍脈からの力の流れも止まり、ドラゴンゾンビへと力も流し終わった。

でも――。

こちらの準備は終わったけれど、向こうはまだ体を構築している最中なのよね。

「相手の準備が整わない内に、こちらから攻撃を仕掛けちゃわない？」

「だから、防御に徹しろと言っている。相手が仕掛けてこないならば僥倖《ぎょうこう》だ」

「あら、それは残念」

ま、確かにマーリンちゃんの言う通りに、ここは待ちに徹して時間を稼いだ方が賢いわよね。

けれど、本当に待ったり防御したり、そういう消極的なのは苦手なのよね……。

と、それはともかく、機械龍の完成まで見たところ……あと少しといったところ。

ってことで、最後だからマーリンちゃんに聞いておこうかしら。

「ねえマーリンちゃん？」

「何だスヴェトラーナ？」

「貴女《あなた》って……後輩クンのことをどう思っているの？」

さて、大上段から切り込んだけど、どんな反応するかしら？

まあ、ぶっちゃけ私は、マーリンちゃんの後輩クンに対する気持ちはずっと気になっていたのよね。

「どう思っているだと？　尊敬する師……それ以外に返事のしようがあるのか？」

「もう、本当に朴念仁ね」

「……ん？　朴念仁？　何のことだ？」

と、そこで私は一瞬にしてイラっという気持ちになったので、自分でも驚いてしまった。

そして、長年の疑問について、この瞬間に氷解したことも同時に理解した。

結局のところ——。

私はマーリンちゃんの、こういう態度がずっと気に食わなかっただけなのかもしれない。

つまり私は、年齢を重ねるごとに女として成長して、後輩クンに恋慕の情を高めていったわけだ。

けれど、マーリンちゃんは、ずっと子供の時と何も変わらない。

無垢《むく》に汚れぬ瞳のままで、ただ後輩クンを語るマーリンちゃんに私は苛立《いらだ》ちを感じて……喧嘩ばかりをしていたのかも。

「ねえマーリンちゃん？　私は後輩クンを愛しているわ。それはもちろん男としてね」

「貴様とエフタル様の結婚の約束は子供相手の冗談だと言っているだろう。そんな頃の話を貴様はいつまで真に受けているのだ」

「私の話はどうでも良いわ。貴女は後輩クンをどう思ってんのって……私はそう聞いているんだけど？」

「それは……今、ここですべき話なのか？」

「馬鹿ね。シラフの状況でこんな話ができるわけがないでしょ？」

珍しく私が真剣な口調でそう言うと、マーリンちゃんは何やら顎に手をやって考え込み始めた。

「あの方は、私の尊敬する師だ。それ以外の何物でもない」

「うーん……強情ね。でも、貴女ならイイ線いってると思うんだけどな」

「イイ線だと？」

「何だかんだで、マーリンちゃんって良いお母さんになれると思うのよ」

私の言葉にマーリンちゃんはため息をついた。

そして小さく頷《うなず》き、諦めたようにこう言った。

「……あの方の子を産むことならば、それはやぶさかではない」

「あら、これは意外。そこは素直に認めちゃうんだ？」

「そうだな。あの方と共に暮らし、共に子を育てることは……請われるのであれば、それはやぶさかではない。例えば、私とエフタル様が共にどこぞの貴族であったとして、政略結婚等でやむなし……と、仮にそんな状況があれば二つ返事で受けるだろう」

「ん？　それなのにどうして……ただの師なんて言っちゃうの？」

「ただの師ではなく、尊敬する師だ。私はな、スヴェトラーナ……」

「うん、何？　マーリンちゃん？」

「あの方とは……良き夫婦にはなれても、恋人にはなれないと分かっている。だから、自然にそういう仲になることはありえないし、考えたこともないのだ。これまでも……これから先もな」

ある種の——吹っ切れたような表情。

そんなマーリンちゃんを見て、私は小さく頷いた。

「それ……同感なのよ」

「と、いうと？」

「私の場合は後輩クンと愛人にはなれても……やっぱり恋人にはなれない自信があるの」

「……愛人」

私の発言に、マーリンちゃんは若干の戸惑いを見せている。

けれどまあ長い付き合いだけに、私の言わんとしていることは分かったみたい。

「だって私たち、この状況で……後輩クンを一人で行かせちゃったんだもんね」

「ああ、そのとおりだな。私たちでは絶対にエフタル様とは……恋人という意味で対等の関係になることはできない。どこまでいっても、師は師で……弟子は弟子。父は父で娘は娘だ」

「そうよねぇ……。父親の背中っていう側面が大きいのよね、やっぱり」

もちろん、後輩クンのことを心配はしている。

けれど、少なくとも「心配だから、世界のことなんてどうでも良いから生き延びて！」と、そんな風に全部投げちゃう感じのことは、私たちには絶対できないのよね。

でも、それって恐らく普通の反応なのよ。

だって、他の人を犠牲にしてでも貴方《あなた》だけには死んでほしくないって……。うん、やっぱりそれは普通の感情なんだと思うわ。

しかし、私たちは何も疑問に思わずに、普通に後輩クンを行かせちゃってる。

コイツなら大丈夫だって……そんな風に思っちゃってる。

そして、それが私たちの限界で、多分……結局はそういうことなんだと思う。

「オッケー、分かったわマーリンちゃん」

「話は終わりだスヴェトラーナ。あるいはここで腐れ縁も終着かもしれんが——しばしの間、もちこたえればこちらの勝ちだ」

と、そう言うマーリンちゃんの視線の先を追うと、そこには完成した機械の龍《りゅう》の姿があったのだ。

サイド：マリア

――私に傷をつけることはできない。

自信満々にバルタザールがそう言っていたのは、今からたった数分前のことだった。だが、しかし――。

「ば、ば……馬鹿な……っ⁉」

明らかな狼狽《ろうばい》と共にそう呟《つぶや》いた彼の視線の先、そこでは二体の巨大な龍が組み合っていた。

ドシーンという地響きと共に、こちらに届いてくる重低音。

絡み合いながら地面を転がり、二体は互いにマウントを取り合いながらの、ド迫力の肉弾戦を繰り広げ始めた。

「龍脈の流れがおかしいっ！　何だあの龍は⁉　何が起きている⁉」

そう呟き、ただただバルタザールはその場で立ち尽くしていた。

まあ、何が起きているかなんて私にも分からない。でも、誰がこの状況を作り上げたかくらいは分かる。

ドラゴンゾンビの背にしがみついてるのは、マーリン様とスヴェトラーナさんだ。

それはつまり、アイツが何かをやったってこと。

そして、バルタザールの様子を見る限り、あのドラゴンゾンビの出現には、戦局を決定的に左右するような重大な効果があったはず。

そう、今アイツは確実に――この魔人を追い込んでいる。

と、そこで、私たちの背後から甲高い声が聞こえてきた。

「ふふ、驚いたかのうバルタザールとやら」

「貴様は……？」

はたして、私たちが振り返った先にはサーシャ様の姿があった。

そして不死皇とも呼ばれる現代最強の魔術師は、その肩書きにふさわしい悠然とした態度でこちらに一歩を進めた。

「不死皇――世界魔法陣を作った者であると言えば分かるかの？」

「……あのドラゴンゾンビもお前の差し金か？」

「左様。お主が呼び出した龍脈の力を拝借させてもらっておる」

「拝借だと？」

「機械よりも本物の龍人のほうが受け皿としてふさわしいのは道理。更に先日、この場で龍族の死者が大量に出たのは覚えておろうな？　その怨念……思いの力も利用しておる」

そこまで言って、サーシャ様は話は終わりだとばかりにパンと掌《てのひら》を叩《たた》いた。

「と、いうことでご自慢のシステムは破綻。全てはこちらの掌の上じゃ！　潔くこの場で腹を切るなら許してやろうぞ！」

その言葉を受けて、バルタザールは一瞬だけ顔をしかめる。

そうして、「ははっ」と笑うと、取り繕うように余裕の表情を浮かべた。

「まさか、未開の文明しか持たないお前たちに……ここまでしてやられるとはな」

「お主の敗因はただ一つじゃよ」

すっと一本指を立たせて、サーシャ様は言葉を続ける。

「人のことを舐《な》め過ぎじゃ。お主ほどの戦力をもっておれば、油断さえしなければ万が一にも負けようがなかろう」

「……確かに油断は認めよう。が、何か一つ勘違いしていないか？」

「勘違いじゃと？」

「メルキオールもガスパールも突破された。私自身も弱体化させられた。だが……やはりお前たちでは私を滅ぼすことはできない」

「……ぬ？」

と、小首を傾《かし》げたサーシャ様に、バルタザールは勝ち誇ったような笑みを浮かべた。

「何故《なぜ》ならば、私は自身の扱う最高レベルより下の攻撃魔法を……受け付けないからだ」

「……どういうことなのじゃ？」

「お前たちの扱う技はせいぜいがレベル11。そして弱体化したとはいえ、私はレベル12を扱うことができるということだよ」

更なる余裕、そして不敵な笑みを作りバルタザールは言葉を続ける。

「不死皇よ……攻撃が無効であるというのに、どうやって私を傷つけるつもりかね？」

言葉を受けて、サーシャ様は「くははっ！」と、心底愉快だという風に笑い始めた。

「そんなことは先刻承知。じゃからこちらも十重《とえ》二十重《はたえ》に策を用意しておる！　と、いうことで――」

言葉と同時、サーシャ様はパチリと指を鳴らした。

するとその時――見渡す限りの一面に閃光《せんこう》が走った。

この眩《まばゆ》いばかりの光の奔流は……さっきと同じ？　それはつまり――

「弱体化魔法じゃ」

「弱体化……魔法？」

「左様。今回は世界に描いた魔法陣ではなく、我の肉体の全神経、そして全細胞に描かれた魔法陣を利用した。ま、言うても効果は……せいぜいレベル1しか弱体化できんがな」

「馬鹿なっ！　何を言っているのだお前は⁉　そんなことをすればお前自身も弱体化して──」

「確かにお主の言う通り、我も弱体化しておる。いや、もっと言うのであれば周囲一帯……魔法学院都市におる全生物が更に一段階弱体化しておるの」

「ならば、何故そんなことを⁉　この場にいる全員が弱体化したのであれば、相対的に私の優位は揺るがないのだぞっ！」

と、そこでサーシャ様は懐から小さな筒を取り出した。

そして、それを見たバルタザールの顔面が瞬時に蒼白《そうはく》に染まっていく。

これから何が起きるかは、恐らくはバルタザールも薄々とは分かっているのだろう。

そして、アイツを良く知る私なら、これから起きることが、薄々とじゃなくてハッキリ分かる。

──何故、アイツがこの場にいないのか。

そして、どうやって魔法学院都市全域で、アイツだけが今のサーシャ様の弱体化魔法を免れたのかが、ハッキリ分かる。

サーシャ様が取り出したのは召喚筒。

そして、それが意味することはただ一つ。それはつまり――

「レベル10：小世界的古今東西御伽草子《ミニ・ファンタジア》」

再度の閃光。

サーシャ様の召喚筒の中から現れたのは、予想通りの人影だった。

そして、滞りなく自身の役割を完遂したとばかりに、サーシャ様は満足げにニヤリと笑った。

「再度言うぞバルタザールよ。お主の敗因は人を舐め過ぎたこと。そして何より――この場にエフタルがいないことを疑問に思わなかったことじゃ。無論、筒の中の世界に避難しておったエフタルは弱体の範囲外となっておる」

「ぐっ……」

「ここらで問おうかバルタザールよ。お主が見下し、そして舐め腐っていた――人間と同じステージにまで引きずり落とされた気分はどのようなものじゃ？」

それだけ言うと、サーシャ様は、後は任せたとばかりにエフタルの肩をポンと叩いた。

そうしてエフタルはバルタザールに向き直り、ニコリと笑ってこう言ったのだ。

「久しぶりだな、クソ野郎《バルタザール》」

最後の一撃

サイド：エフタル

少しの距離を置いて、数秒の間バルタザールと睨《にら》み合う。

バルタザールの顔に終始張り付いていた、余裕と嘲りの表情は既に消え失《う》せた。

脂汗と苦渋に満ちた表情から、さすがのコイツも相当に追い詰められていると確信する。

そしてこちらも——

——搦《から》め手は既に全て出し尽くした。

と、なると、残るは互いに死力を尽くしてのガチンコでの殴り合い。

ならば、開幕早々に放つべきは全力全開最大火力の一撃だ。

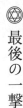

「レベル11：四皇《シコウ》」

俺の魔力砲撃を目の当たりにしたバルタザールは、対応すべく防御魔法の名前を叫んだ。

「レベル11：絶対結界《アンチ・オールマジック》っ！」

レベル11の防御魔法ってのは初めて見たが、魔法でこんなことができるのかと感嘆のため息をつく。

これは四大属性のどれにも属さない技術体系で、魔法そのものをかき消すような……。

つまり、魔力を伴った、いかなる攻撃にも対応できる絶技に見える。

しかも、術式そのものは恐ろしく簡易で単純だ。

レベル11を扱っているというのに、恐らくはまるでレベル9級を扱っているような軽さだろう。

まあ、見る限り……特筆すべきはやはりその軽さからくる速度だろうな。

まともにぶつかりあった場合、この防御魔法がある限り俺に勝機は見えない。が、それはあくまでも使い手の力量が――

――マーリン以上の一流であるという前提だが。

確かに効果の割には術式も異常に軽いし、その効果は絶大だ。

だが、例えるならばF－1に出てくるようなスーパーカーを、素人《しろうと》が操っているような
……それが俺の抱いた正直な感想となる。

「レベル11：四皇《シコウ》」

「レベル11：絶対結界《アンチ・オールマジック》」

再度の、レベル11のぶつかり合い。

術式構築の重たさだけで言えば、俺のレベル11の方が数倍は重い。

だが、発動までの時間はほぼ互角。

これは俺の流儀が最速を信条とするというのもある。

が、この場合は——例えばバルタザールが昔の俺の弟子なら、その場で怒鳴りつけるレベルで術式構築が下手糞《へたくそ》というのが主原因。

「レベル11：四皇《シコウ》」

「レベル11：絶対結界《アンチ・オールマジック》」

更なる撃ちあい。

バルタザールの表情に、焦りの色がどんどん混じっていく。

ってか、その場しのぎで術式構築を重ねているもんだから、回数を重ねるごとにボロが出始めているって感じだ。

「何故だ⁉　この魔法は十賢人が編み出した当時の最速理論に基づく術式なのだぞ⁉　何

故に貴様ごときがついてこれるっ⁉」

「術式の問題じゃねえよ」

そのまま俺は掌を掲げて、更なる魔力砲撃を放った。

「単純にお前がノロマなんだよ――レベル11：四皇《シコウ》」

「レベル11：絶対結界《アンチ・オールマジック》」

バルタザールの表情に、焦りの色だけではなく絶望の色が混じり始める。

何しろ、レベル10魔法とレベル7魔法の撃ち合いで、互角のスピードを出されているようなもんだ。

逆の立場なら、こんなの俺でも怖い。

「レベル11：四皇《シコウ》」

「レベル11：絶対結界《アンチ・オールマジック》」

いや、違うか。

既に速度は互角ではなく……俺の方が若干速い。

それに気づいたバルタザールは、やがて撃ち負けると察したのか「うぐっ……」と軽く呻《うめ》き声をあげた。

と、そこで俺は確信する。

――やはりバルタザールに実戦経験はほとんどない。

こいつの力の本質は、十賢人にただ与えられただけのものだ。

だから、ギリギリの死線を超えたことが無く、撃ち負けた後の死を連想しただけで……

こんな情けない声をあげる。

――レベル８：空間転移《テレポート》。

「なっ⁉　どこに消えたっ⁉」

更に言うのであれば、だからこんな単純な組み立ての攻撃にも素直に引っかかる。

今までコイツは強大な力を背景にした、一方的な蹂躙《じゅうりん》しか経験したことがない。

だから、魔法の戦術的運用という観点すら、そもそもからして頭にない。と、そこで

――

――ヒュっと風切り音。

バルタザールの背後を取った俺の斬撃が、その背中を切り裂いた。

「ひィっ！　う、後ろ⁉　何故に後ろから⁉　何故に後ろにいるのだお前はあああ！」

まあ、要は空間転移でバルタザールの背後に現れて、そのまま切りつけただけなんだが——。

さすがに俺も、馬鹿でも分かるこんなことで、バルタザールが悲鳴をあげて醜態をさらすとまでは思っていなかった。

「レ……レベル10：完全回復《パーフェクトヒール》」

バルタザールは瞬時に傷を再生させる。

そして、バルタザールは後方に飛んで、俺との距離を取った。

「同じレベルの魔法でのやりあいなら……お前と俺とでは役者が違う」

バルタザール風に言うのであれば、ステージが違うといったところだろう。


——技術的な意味での術式の構築速度。

——戦術としての魔法の組み立て。

——そして基礎的な身体能力操作と戦闘技術。

何をとっても、バルタザールは魔法学院の一年生のレベルのようにしか俺には見えない。

それは向こうも良く理解しているようで、俺の言葉を受けたバルタザールは「ぐぬぬ……」と肺腑《はいふ》の奥から絞り出すような声を出した。

と、そこでバルタザールは何かに気づいたように、慌てた様子で口を開いた。

「……メルキオールを解除する」

その言葉の意味するところを考える。

どうやら今のは俺に向けた言葉ではなく、施設の龍脈《りゅうみゃく》強化システムに対してだとすぐに思い至った。

「スヴェトラーナのところに、クリフたちが間に合ったようだな」

まあ、考えてみればこれは当たり前だ。

向こうでスヴェトラーナたちが勝利を収めたのなら――解除しないと今度はレベル20の召喚獣が、自身に襲い掛かってくる悪夢が訪れるわけだ。

と、いうことで、これにて完全決着。

「もう諦めろバルタザール。これ以上は見苦しいだけだ」

その言葉でバルタザールは憤怒《ふんぬ》の表情を作った。

「諦める……？　十賢人から知識と力を授かりし、絶対神に次ぐ高次にして崇高な生命体であるこの私に――」

大きく息を吸い込み、バルタザールはあらん限りの大声で周囲に喚《わめ》き散らした。

「——貴様ごときが諦めろだとっ⁉」

「勝ちの目はもう無い。詰んでんだよ、お前はな」

その事実を告げると、バルタザールは一瞬呆《ほう》けた表情を作った。

そして、何がおかしいのかクスクスと笑い始める。

「確かにな……。確かにそのとおりだ。私はお前たちに搦《から》めとられ、お前たちのステージまで引きずり降ろされ——事実として好きなようにされている」

「だがしかし」とバルタザールは頭上を指さした。

「九頭竜《くずりゅう》は生きている。お前はアレをどうするというのだね？　私が死ねばアレは制御を失い無秩序に世界の破壊を始める……そうだ、お前たちにこそ——勝ちの目などはないではないか！」

バルタザールは勝ち誇ったように微笑を浮かべる。

まあ、こいつの言ってることはそのとおりなんだが、こっちには転生の女神さんがいるからな。

ぶっちゃけ、話を聞いてなかったら、それでこっちが詰んでいたのも本当のところだ。

「九頭竜を御せばいいだけだろ？」

微笑を浮かべていたバルタザールだったが、そこでピクリと耳が動いた。

「御す……だと？」

「マリアの代わりに俺が核となる。核ってのは……九頭竜の魔術的な脊髄だか、神経みたいなもんなんだろ？　俺であれば、内部から操ることはできるわな」

「……何を言ってるのだ貴様は？　九頭竜の核は選ばれし者……転生者しかなることはできん……」

そこまで言って、バルタザールは「あ……」と口を開いた。

「お察しの通り、俺は転生者だ」

「そ、そ、そんなバカな……いや、何故にそもそもお前が九頭竜の詳細を知っているのだ？」

「なあ、バルタザールよ。その昔――自分の子供をお前たちに弄ばれた一人の研究者がいることを知っているか？」

「……？」

「覚えてもいない……か」

最早《もはや》、情けも容赦も——問答も無用。

と、俺はバルタザールに向けて刀を構えた。

「なら、獄炎に焼かれながら……お前がこれまで犯した全ての所業を懺悔《ざんげ》するんだな」

「待て、待て……待て！　待て！　待て待て待て待て！」

見苦しいとばかりに、俺は言葉を吐き捨てる。

「まさか……今更命乞いか？　俺にそれが通じるとでも思っているのか？」

「違う！　そんなことではないっ！」

バルタザールの表情が虚《うつ》ろなものに変わっていく。

その瞳は焦点が定まらず、バルタザールは呆けたように大口を開いた。

「このままでは……文明の崩壊は……十賢人は……どうなる？」

「九頭竜による文明の崩壊が十賢人降臨のトリガーとなるならば、この星には二度と訪れないだろうよ」

そう告げると、バルタザールは力なくその場に膝をついた。

そして虚ろな表情のままに「あはは」と笑い始める。

「あは……はは……はは、はは、はは——ははははっ！」

半ば白目を剝《む》き、唾をまき散らかし——。

しまいには腹を抱え、その場でバルタザールは転げ始めた。

――心が壊れたってことで良いのか？

ともかく、やることは一緒だ。

さすがに事態がここまでになってしまえば、こいつの首を落とすこと以外に決着はありえない。

と、刀を構えて一歩を踏み出したところで、バルタザールの瞳に色が戻り、しっかりとした足取りで立ち上がった。

「もう、要らない」

「……何を言っている？」

尋ねると、バルタザールは醜悪に口元を歪《ゆが》ませた。

「そんな星なら、もう要らない。壊れてしまうなら壊れてしまえばいい。万が一にでも、文明が崩壊した頃合いで……九頭竜が言うことを聞いてくれれば私の勝ちだ」

淡々と告げられた内容ではあるが、その中身はエゲつない。

こいつ……と、俺は絶句する。と、言うのもこの馬鹿はここにきて――

――九頭竜で全部ぶっ壊すつもりだっ！

ここまで往生際の悪いクズ野郎も珍しい。
が、俺たちに対する嫌がらせにしては十分に及第点。
全力の速度でバルタザールに駆け寄り、神速の刃《やいば》をバルタザールに向けて放った。
そして、俺の刀がバルタザールの首に届こうとしたその時――

――カキィ――ンっ！

空中で火花が散る。
突如として伸びてきた触手のような何かが、刀とバルタザールの間に割り込んだ。
必然的に、必殺の刃はバルタザールには届かない。
「クソっ！　これは……マリアと九頭竜をつないでいたやつか⁉」
マリアに視線を送ると、やはり既に線はマリアにはつながっていない。
九頭竜からは完全に切り離されていて、彼女は意識を失ってその場で転がっていた。
そして、再度バルタザールは後ろに跳躍し、俺から距離を取った。
続けて俺は頭上に視線を移して――再度の絶句。
あまりのデカさで遠近感が滅茶苦茶《めちゃくちゃ》で、見ただけでは天空で何が起きているかは分からない。

が、索敵魔法を使うと……マジでヤバいってのが良く分かる。

――現在、時速にして百七十キロメートル。

自由落下の物理数式のとおりに加速しながら、九頭竜が落下してきていた。

「……師匠っ！　重力魔法！　力のベクトルを反転させろっ！」

「もうやっておる！」

慌てて俺も重力魔法を上空に放つが、焼け石に水という言葉がこれほど似つかわしい状況も存在しない。

――幅三百キロ。

――体長に至っては一万キロ。

っていうか、あんなデカさの重量物体を、一体全体どうすりゃどうこうできるってんだ⁉

不味《まず》い。

不味い、不味い、不味い、不味い！

——さすがにこれは不味いっ！

前世も合わせれば七十年近くは生きてるが、ここまで「どうにもならん」と思ったのは生まれて初めてだ。

頭をフル回転させるが、妙案もクソもねえ！

と、思ったその時——。

俺は上空の九頭竜の落下速度が一気に緩やかになっていっていることに気がついた。

「でかしたスヴェトラーナっ！」

バルタザールが解除したメルキオールの龍脈強化だが、スヴェトラーナに力はまだ残っていたらしく、俺とサーシャの重力魔法とはケタ違いの出力のやつを空に放ったらしい。

威力はレベル15オーバーといったところか……。

全くもって、意味の分からん力のスケールだ。

「しかし、どうする？」

九頭竜は止まってはいない。

多少は時間を稼げたかもしれんが、それでも地上衝突の時点でのスピードはとんでもないもんになる。

ってか、あんなもんが地上に猛速度で落ちてきたら、大惨事どころか……星の壊滅だ。

大津波で地表が一掃されるあたりは確定事項だろうし、その昔の地球で恐竜が絶滅した理由とされている……隕石《いんせき》衝突の再来クラスになるんじゃねーか？

と、なると、やるべきことはただ一つっ！

バルタザールをぶっ倒して、俺が核となって九頭竜の制御を握るしかないっ！

「これで終わりだバルタザール！　レベル11：四皇《シコウ》」

全力全開のぶっぱなし。

本当の意味で問答無用とばかりに、ノータイムでバルタザールに魔力砲撃を放った。

初撃は防御魔法で防がれるだろう。

が、奴《やつ》の術式構築が間に合わなくなるまで、何度でも何度でも攻撃魔法を最速でぶち込み続ける――ただそれだけのことだ。

そして、続く二発目の術式を構築し終えたところで、俺は「クソっ！」と吐き捨てた。

と、いうのも再度、割り込んできたのは九頭竜の触手だ。

――っていうか、なんなんだよあの触手っ！

いつの間にか数が増えてるし、意味分かんねえ！

ともかく、何百本も空から垂れ下がってきていた触手の半径はそれぞれ五センチ程度。

それらがウネウネとバルタザールの周囲に展開されていて、攻撃魔法を放つと同時に壁となって立ちはだかる。しかも――

「無傷だと？」

確かにレベル11を直撃させたはずだ。

が、触手の壁の向こう側のバルタザールはおろか、触手にすらダメージは通っていない。

「ふははっ！　この触手は九頭竜の体の一部だ……お前ごときで貫けるものではないっ！」

これはいよいよ……打つ手なしってことか？

と、そこで俺は首を左右に振った。

いや……打つ手はないこともない。方法は分からないが、少なくとも突破口はある。

と、いうのも、九頭竜の触手から……微《かす》かだが血が流れている。

血が流れるってことは、殺せる。

つまりは単純に俺の火力が足りてないだけで、まるっきりどうこうできないってわけでもないんだ。

とはいっても、今の砲撃が俺の最大火力ということは——純然たる事実。


——さあ、どうする？


考える時間も、もうそれほどには残されていない。

と、そこで俺の背後からマーリンの声が聞こえてきた。

「ギリギリのようですね、エフタル様」

振り向くと、飛翔《ひしょう》魔法で飛んできたマーリンが着地する姿が見えた。

続けて、炎神皇《クリフ》、氷神皇《アイザック》、土公神皇《イタローム》、最後にスヴェトラーナが空から次々と着地をしてくる。

「ああ、見ての通りだ……ギリギリどころの騒ぎじゃねえよ」

「ですが、エフタル様なら……何とかしてしまうのでしょう？」

その言葉で、俺は思わず笑ってしまった。

「……いつだってエフタル様はどんな窮地でも、その余裕の笑みと共になんとかしてくださいました」

昨日の夜、マーリンは俺に「厳しいことを言う」と言ってたが——何のことはない。

本当に厳しいことを言ったり、無茶振《むちゃぶ》りをするのは、いつだって俺じゃなくてコイツ等《ら》だ。

——何とかなりますよね？　何とかしてくれますよね？

そんな感じで無言なり有言なりの期待をかけられて、こっちとしては無理矢理《むりやり》に何とかしてきたってのが本当のところなんだよな。

マーリンは余裕の笑みと言うが、いつだって俺はギリギリで……この笑みだって、ただの苦笑いに過ぎない。

——だが、何とかしなきゃいけないのもまた事実。

さて、どうするか？

こんな時、師っていう立場は辛《つら》い。

が、それでも痩《や》せ我慢《がまん》しながら……やはり苦笑いと共に、頭を振り絞って手を考えるしかない。

バルタザールに向けて、掌《てのひら》をかざして魔力を練り上げる。

もう、こうなったら連打で一気に押し切るしか……手はないか。

そう考えたその時、マーリンが俺にギュっと抱き着いてきた。

「――と、そんなことを言われても困りますよね。エフタル様？」

「……マーリン？」

「本当の貴方《あなた》はそれほど強くはない。そんなことは私は既に知っています」

「……何言ってんだマーリン？」

「知っていますよ、窮地に立たされた時……部屋に籠って胃痛に耐えていたこともあるのでしょう？　遥《はる》か昔、魔法適性がないと知って、悔しくてすすり泣きしたこともあるのでしょう？」

「……」

「でもね……」とマーリンは優しく笑った。

「それでも、私のエフタル様は――雷神皇《らいじんこう》は世界最強なのです」

そしてマーリンは儚《はかな》げな表情を作り、覚悟を決めた様子で小さく頷《うなず》いた。

「古今東西、魔術師の切り札と言えば……命を燃やすことです」

「……魔力暴走か？　確かにそれでレベル11をぶっ放せばバルタザールに砲撃が届くかもしれん。が、生憎《あいにく》と……俺がそれをすれば九頭竜を制御できるやつがいなくなる」

と、そこで俺は「はっ」と息を呑《の》んだ。

「昨日言った通りの最後の最後……最終の手段です。最も有効な私の命の使用法は、つまりは儀式魔法――命を燃やして暴走させた私の魔力で、威力特化の術式を紡いで……それをエフタル様が制御してください」

「いや、だからそれは――」

言い終える前に、マーリンは首を左右に振って俺の言葉を制してきた。

「命を燃やして抽出した魔力であれば、火力は飛躍的に高まります。私の命を使い雷神皇の――」

そうしてマーリンは俺から体を離して、有無を言わせぬ目力と共にこう言ったのだ。

「――最強を証明してくださいな」

そう言うと、マーリンは俺に右手を差し出してきた。

手を取り合い、儀式魔法という形で共に魔法を行使する。

マーリンの言わんとすることは分かるが、それは――。

「エフタル様。お願いします……これまで散々に私を振りまわしたのですから、一度くらいは私のワガママを聞いてください」

「だが、この手を……握るわけには……」

「しかし、方法はもう無いはずです。仮に四皇全員で儀式魔法を組んだところでレベル12以上は使えませんし……全員の干渉によるレベル11の威力増加にしても、バルタザールの壁は突破できないのでは？」

「確かに……それはお前の言うとおりだが……」

と、そこでマーリンの肩に氷神皇《アイザック》がポンと掌を置いた。

「この場で全てを燃やし尽くすのは……君ではないよマーリン」

その言葉で、マーリンは驚いたように大きく目を見開いた。

「何をおっしゃって……？」

マーリンの言葉に、土公神皇《イタールム》が諦めたように肩をすくめる。

「命を使うなら、君ではない。元々は既に死んでいる……我々老兵こそがふさわしい」

その時、炎神皇《クリフ》がマリアにチラリと視線を移し――。

少しだけ哀《かな》しみの色を表情に混ぜた後、すぐに彼は満足そうに頷いた。

「最後の最後にブリジットの姿が見れた。本当なら少し話でもしたいところだが……延長戦にしてはこれで上出来だ」

「延長戦？　何をおっしゃっているのですか、炎神皇《クリフ》様……？」

「過去に僕たちが命を失っているのは知っての通り。何の因果か僕たちは今ここにいるが……そろそろゲームセットにしても良い頃合いだろう。なあ、エフタル？」

理。
ここでマーリンの命を使うくらいなら、俺たちが身を引くのは——それこそが自然の道
その全員が一度は死んで、何の因果かこの世に迷い出ただけの亡霊だ。
俺も、炎神皇《クリフ》も、氷神皇《アイザック》も、そして土公神皇《イタール》も——。
その言葉に一切の異論はない。

そこまで考えて、俺は大きく大きく頷いた。

「そうだな。全て終わったら俺も九頭竜に取り込まれる。イタームの言う通りにここで全員……老兵は消え去るのが一番収まりが良い」

そう言うと、炎神皇《クリフ》はクスリと笑った。

「これは珍しい。僕たち四人の全会一致とは……いつ以来のことだろうかな？」

「……魔王城の時以来じゃねーか？」

ポンと掌を叩《たた》き、炎神皇《クリフ》は感慨深げに頷いた。

「ああ、そういえばあの時も儀式魔法絡みだったね」

「あの時は別に命を燃やすってわけじゃなかったが、そうだな……四百年ぶりの儀式魔法と洒落込《しゃれこ》むか」

さて、これで本当に終わりだ。

やるべき方針も、やるべき方法も決定して、あとは実行に移すだけ。

そうして俺たち四人が手を取り合ったその時、肩を震わせながらマーリンが俺に言葉を投げかけてきた。

「エフタル様……。もう……止めはしません。しかし、これだけは言わせてください」

「何だマーリン？」

「貴方は私を……二度も置き去りにするのですか？」

涙の奥に、微かな怒りの色が見える。

こんな表情は今までマーリンは見せたことがない。

それだけに……相当怒っているのは間違いないな。

「……すまないとは思っている」

「いっそのこと、ここで私に一緒に死ねとおっしゃっていただいたほうが……どれだけ気が楽か。そして、その役目すらも、私ではなく御三方《おさんかた》に託されるのですね？」

「お前にはお前の役割があるからな」

「役割？　最後の瞬間ですらお役に立てなかった私に――何の役割があるとおっしゃるのですかっ⁉」

「いや、お前にだけしかできないことがあるんだよ」

「……？」

「全て終わった後、俺はいないしサーシャもどうなっているか分からねえ……っていうか、そもそもサーシャはそういうのには絶望的に向いてないんだ」

「何を……おっしゃっているんですか？」

そうして俺は自身の両掌を、マーリンの両肩にポンと置いた。

「マリア、アナスタシア……シェリルはお前に任せる。サーシャと俺の魔術学派は――俺たちの残したバトンはお前がつないでいくんだよ」

そう言うと、マーリンは泣き笑いのような顔になった。

そうして最後に、心の底から恨めしいという風な表情を作る。

「……本当にエフタル様は……昔から厳しいことばかりおっしゃいますね」

「グダグダうるせえ。俺が決めたことだ」

ニカリと笑ってそう言うと、マーリンもまた呆《あき》れたように笑った。

「もう……。本当にエフタル様には……かないませんね」

そうして俺たち四皇は手をつなぎ合い、儀式魔法の構築を始めることになった。

☆★☆★☆★

儀式魔法の構築、その連携に滞りはない。

今回は普通の儀式魔法とは違い、魔法難度レベルを上昇させる必要もない。

まあ、そこについては……そもそもレベル12なんて、俺たち四人でも扱うことはできないんだが。

と、それはさておき――。

今回は俺が既に単独で扱えるレベル11の術式をそのまま使い、威力をただ上げるだけとなる。

故に、術式構築は早く、コンマ以下の時間で術式構築は完了することになった。

「ま……待てっ！　何だこの魔力の高まりは……何をするつもりなのだお前たちはっ！」

バルタザールには取り合わず、俺はすっと掌を掲げた。

「待て！　お前たちの生存は確約してやる！　お前たちについては特区を設け、我々も今後一切の関与はせんっ！」

何を言っているんだこの馬鹿は……。

そう思うが、ここでそれを言っても始まらない。

と、無言の回答をする俺を見て、バルタザールの表情が一気に引きつっていく。

そして、近くに転がっているマリアに視線を移して、瞬時にバルタザールは醜悪な笑みを作った。

「この娘を盾にすれば破壊魔法は撃てまいっ！」

そのままバルタザールは一目散にマリアに向けて駆けだしていく。と、その時――。

マリアとバルタザールの間に、割って入るように白い霧が現れた。

「目くらましだと……っ⁉　しかし雷神皇《エフタル》よ、この戦いのレベルで……このような子供だましが通用するとでも思っているのか⁉」

魔力索敵を頼りに動いているのだろう。

視界を封じられたバルタザールだが、その進む方向に迷いはない。

そして、そんなバルタザールの姿を見て、俺は思わず笑ってしまった。

っていうか、この場面で使うあたりが、やはりアナスタシアらしい。

今、アナスタシアとシェリルがやっていることは非常に単純だ。

まずは、風魔法を応用し、一定空間に密封状態を作る。

そしてその内部に小麦粉を充満させた――それが白い霧の正体だ。

そして現状、バルタザールは白い霧の中をただただ突き進んでいる。

正に、飛んで火にいる夏の虫。

これは炭鉱なんかの事故の代表格で、漫画なんかでは頻繁に使われる爆発方法の一種。

つまるところは――

――粉塵《ふんじん》爆発。

ボッという音と共に、バルタザールの叫び声が周囲に響き渡る。

「が、が、ガアアアアアアっ！」

昨日、俺自身がアナスタシアに言ったことだが……。

この究極とも言える魔法合戦の最中、まさかこんな古典的な方法で焼かれることになるとは、バルタザールも思いもしなかっただろう。

「次から次へと――小賢《こざか》しいっ！　だが、この程度の爆発は私には通じぬっ！」

自身に回復魔法をかけながら、なおもマリアという人質の確保に向かうバルタザール。

そのままマリアへと突き進み、床面に転がっている小さな体をバルタザールが攫《さら》おうとしたその時――

「その程度の爆発でアカンねやったら――こんなんはどないや？」

人影が落下してくると共に、ヒュッと風切り音。

バルタザールの頭上から降ってきたのは、長髪の美丈夫だった。

そしてバルタザールの胴体を貫いたのは、炎の魔剣：ヒノカグツチ。

それはつまり、かつての俺の親友のブレイトであり——俺たちがこの屋上に現れる前から、忍びの技によってこの場に潜伏していた男だ。

まあ、長い付き合いの俺しか、この場では気づいてなかったようだがな。

「グハぁっ⁉」

バルタザールの胴体を貫くと同時、ブレイトはマリアを小脇に抱えて、瞬時にその場を離脱する。

「お嬢ちゃんたち——ナイスやったで！　おかげさんでバルタザールの注意も逸《そ》れて完璧に奇襲成功や！」

と、そこでアナスタシアが「良しっ！」と声を上げた。

「マリアさんを回収したんですっ！」

アナスタシアとシェリルについては、元々俺の近くに隠匿魔法で隠れてはいた。

が、バルタザールは、その存在に気づいてはいただろう。

ただ、二人は実力があまりにも不足しているだけに、バルタザールが単に注意を払っていなかっただけのことだ。

まあ……結局のところ、バルタザールの敗因は徹頭徹尾の油断に尽きるということだろうな。

そして最後に、俺の背中をポンと叩いて、シェリルが小さく呟《つぶや》いた。

「……ぶちかませエフタルっ！」

言葉を受けて、俺はバルタザールに視線を向ける。

色々とあったが――これで本当に終わりだ。

四皇の他の三人が俺に視線を向け、互いに互いが頷《うなず》き合う。

全員が無言で、ただ小さく――頷いただけ。

けれど、言葉に頼らずとも、互いの気持ちはよく分かる。

――これは無言の今生の別れ。

溢《あふ》れる魔力の奔流が心臓に流れ、脳に渡り、魔力回路を通って増幅されていく。

対するバルタザールは九頭竜の触手で壁を作る。

が、これから放たれるのは、これまでの俺の生涯で一番の威力を持つ――正真正銘の最強の一撃だ。

三人が命を燃やし――俺に渡してくれる最後の炎。

この一撃だけは、誰にも止めさせないし、止められない。

掌《てのひら》を掲げて、バルタザールに照準を合わせる。

これで全ては整った。後はトリガーを引くだけだ。

小さく息を吸い込み、俺はバルタザールに向けて——終幕の宣言を告げた。

「レベル11：四皇《シコウ》」

そして——。

全てを焼き尽くす魔力砲撃に呑《の》まれ、バルタザールは光の中へと消え去った。

☆★☆★☆★

バルタザールは消し去ったものの、まだ九頭竜は片付いていない。

具体的にはどうやって止めるかと一瞬不安になったが、その不安は一瞬で氷解した。

と、いうのも九頭竜の触手の前で右往左往していた俺たちの前に、転生の女神が現れたのだ。

今回もマーリンの体を使って現れた女神さん曰《いわ》く、さすがに九頭竜の制御については最低限の説明はさせてほしいと。

まあ、考えてみれば当たり前なんだが、ともかく時間が無いだけにありがたい提案だった。

で、女神さんが言うには——。

九頭竜は今までバルタザールの支配下に置かれていたため、それがない今ならば、核となる者が九頭竜を制御できるという話だった。

とはいえ、自由に操ったりという話ではなく、自身の意思でできることは魔力の流れの阻害のみ。

核の役目と言えば、人間で言えば延髄や脊髄となる。

そこでこちらも魔力操作を行うというか、九頭竜とつながる自身の脳内魔力回路の流れを、完全に閉じるという方法で九頭竜は停止するらしい。

脳内魔力回路の流れを止めるという手法は、レベル5以上の隠匿系魔法で使われる技術なので、そこは俺であれば何の問題もない。

それで女神様曰く、起動が停止した九頭竜は自律的に冬眠状態になって、そのまま朽ち果てるまで空を漂い続けることになるだろうと。

ちなみに、俺については九頭竜に取り込まれ、その内部で内臓器官の一つとして大切に保管されるということ。

つまりは、恒久の時を九頭竜が朽ち果てるまで夢の中で過ごす――と、これが九頭竜停止の概要ということだった。

更にちなみにで言うと、九頭竜が死滅した場合は、今の年齢の肉体のままで無罪放免、遥《はる》かな未来で目が覚めるという嬉《うれ》しいサプライズもあるらしい。

「少しであればまだ時間はあります。最後に別れをしておいた方が良いのでは？」

と、まあ――そんな感じで、本当に最後の時になった。

まあ、色々と思うところはあるが……やはり、最後の言葉くらいは言っておいた方が良いだろう。

前回の人生の時は、マーリンに「じゃあな」と言った記憶もないしな。

とりあえず、女神さんには一旦退散してもらって、マーリンにだけは絶対にきちんと別れはしておいたほうが良い。

と、そんなことを思っていたその時、マリアが首を左右に振った。

「いいえ女神様。別れの必要はないわ」

「……ん？　何言ってんだマリア？」

そう尋ねると、マリアはペコリと頭を下げてきた。

「助けてくれてありがとうエフタル。結局――アンタが全部いつもどおりに片付けちゃったね」

「今回については……俺一人ってわけでもなかったがな」

「でも、本当にアンタは強い。もうどうやったらアンタって負けるんだろうって……そんなことを思っちゃうくらいにね」

「いや、実際には結構……毎回ギリギリだ。完全無敵の雷神皇《エフタル》なんてこの世に存在しないんだぜ？」

「いえ、アンタは最強よ。だって私が……そう認めたんだから」

その時、俺はマリアの様子に違和感を感じた。

と、いうのもせっかく助かったというのに、その表情は蒼白《そうはく》で……。

いや、俺との別れを悲しむというのならまだ分かるが、そんな感じではない。

それはまるで、今から死地に赴く戦士のような張り詰めた表情をしていたのだ。

「どうしたんだマリア？」

「そう、アンタは最強――だから、アンタはここで犠牲になっちゃダメ」

「……どういうことだ？」

「ねえ、エフタル？　私はバルタザールに捕まった時、ずっと思ってたのよ。いつも、いつでも、いつだって……体を張って、私を守っていたのはアンタだった。けれど、私はまともにアンタの役に立ったことなんてない」

「何が言いたいんだ？」

「アンタはいつも体を張って私を守ってくれた。でも、私はアンタに何もできていない」

だから……と、マリアは大きく頷いた。


「――今度は私が体を張るわ」


ある種の威圧感までを漂わせた、覚悟の視線。

けれど、その意図するところが俺には分からない。

「……エフタル。人柱の役割はアンタの代わりに私がやるわ」

「何を言ってるんだマリア？　それは俺にしかできないことで……」

「私の中にはブリジットちゃんがいる。私もアンタと同じで……半分が転生者なの。そしてアンタほどに極めているだなんてことは絶対言えないけれど、それでも魔術師の端くれで……魔力の扱いには長《た》けている」

「お前……」

女神に視線を向けてみると、一瞬だけ何かを考えて、彼女は小さく頷いた。

どうにも、可能ってことみたいだが……いや、確かにそうか。

必要な魔力操作技量はレベル5難度の隠匿系魔法で、それはマリアであれば扱うことができるシロモノでもある。

「だが、お前を犠牲にするのはおかしいだろ？」

そう尋ねると、マリアは薄い胸を精一杯張ってこう言った。

「勘違いしないでよね？　言っておくけど、私はただアンタの身代わりになるわけじゃないし、犠牲になるわけでもない。アンタにしかできないから……託すのよ」

「……託す？」

「だって、根本解決になってないじゃん？　何だかんだで十賢人だっていつかはこの星に帰ってくるかもしれないし、九頭竜だって……止めただけ。あんなデカブツがずっと空にいたら、どんだけの土地が不毛の大地になるのよ」

確かにそれはそのとおりだ。

九頭竜が頭上にある地域については、太陽の光も届かないし、そもそも雨も降らない。

「それに……九頭竜が死ねば、私は解放されるんでしょ？」

「……それは数千年とか数万年とか……あるいはそれ以上先の未来だろ？」

「違うわ。最強の男が何を情けないコト言ってんのよ」

「……？」

と、頭の中がクエスチョンマークで埋まった俺に、マリアは大きく頷きこう言った。

「──アンタが倒すのよ」

　何言ってんだコイツと一瞬思ったが、どうやらマリアは本気らしい。

「世界最強のアンタだったら、鍛える時間さえあれば、九頭竜だってなんだってぶっ飛ばせるようになれる。私はそう信じてる」

「おいおい、さすがにそれは無茶《むちゃ》だぞ？」

「アンタがダメでも──アンタの世代でダメなら、アンタの子供が、アンタの弟子が──アンタの志を継いでいる誰かが必ず……いけ好かないやつをぶっ飛ばすんだから」

「……」

「サーシャ様からアンタに、最強がきちんとつながったように……アナスタシアやシェリルに思いはつながる。ううん、もう、つながっているはずだから」

「いや、マリア……それは……」

　無理だと言おうとした。

　が、完全に覚悟を決めているマリアに向かって……そうは言えない。

　ここまで言われてしまえば、もう俺がやることはただ一つしか残っていない。

「けど『いつか』だなんてケチ臭いことは言わずに、アンタの代でキッチリ決着つけなさいよね。私は信じてるから……他の誰かじゃなくて、アンタが必ず迎えに来てくれるって信じてる。だから、全部自分でやるんじゃなくて――」

そしてマリアは、太陽のような笑みを咲かせて言葉を続けた。

「一度くらいは、女にカッコつけさせなさい」

エピローグ

サイド：マリア

・氷結の女帝：シエリル

十七歳という史上最年少で氷神皇《ひょうじんこう》に上り詰めたことで知られる彼女であるが、祖先を辿《たど》ると初代氷神皇に行きつくことはあまり知られていない。

幼少期からエキセントリックな性格で知られていたが、成年になってからその性格は更にエスカレートし、理解できる者のいない天才的な魔術論文とその言動は多くの魔術学会員を苦しめた。

生涯を独身で通し、魔術理論の発展だけではなく、数多くの魔物討伐や遺跡攻略は冒険者ギルドでも伝説となっている。

終生SSSランク冒険者の称号を持つ、数少ない魔術師の一人でもある。

――享年七十三歳。

・厄災の魔女：アナスタシア
年少期から卓越した魔術の腕を見せた彼女は、二十二歳の若さにして炎神皇《えんじんこう》に上り詰める。

歴代最強魔術師としての純粋な技量も名高いが、彼女の場合は『汚いやり口』の方が有名である。

彼女が世界中の武芸・魔術大会で賞を総なめにした若年期における、剣神皇との一戦については、あまりに酷《ひど》い戦法のため、公式の記録として史書の類には残っていない。

アストンゼネル遺跡戦役にあっては魔術師兵団を率い、やはり酷い手口で溢《あふ》れ出た古代文明の魔物を一蹴する。

終生SSSランク冒険者の称号を持つ、数少ない魔術師の一人でもある。

――享年八十七歳。

・瞬連のマーリン

初代雷神皇《らいじんこう》の弟子にして、不死皇の流れを汲《く》むエフタル学派を世界最高峰の学閥に仕立て上げた立役者。

自身の実力もさることながら、彼女の最大の功績は、後進の育成という一点につきるだろう。

四百歳を超えたあたりで一線を退き、厄災の魔女：アナスタシアや氷結の女帝：シェリルを筆頭とした後進を育て上げた。

魔術学会長となった後は、歴代最長の長期政権を築き上げるが、そこにあっても彼女は後進の育成に全精力を注いだ。

——享年五百十七歳。

・不死皇：サーシャ
言わずと知れた伝説の魔術師。

弟子に初代雷神皇の名前もあり、エフタル学派の開祖としての功績も名高い。

ある日突然に姿を消し、魔術学会による懸命の捜索が行われるも、その後は消息知れず。

長命を生きる不死者としての宿命を避けるために、正気を失う前に人知れず自殺したと、各種調査機関は結論をつけた。

と、まあ——そんなこんなで。

図書館の片隅で、私は小さくため息をついた。

まあ、つまりはここ二百年の近代魔術の歴史を紐解《ひもと》くと、あの人たちのことは大体こんな感じに書かれているってワケね。

アナスタシアについての書かれっぷりは、正直「らしいなあ……」と笑っちゃったんだけど、まあ、うん……。

みんな、あれから成長して有名になったんだなと。

同じ釜の飯を食べた仲としては、なんだか誇らしいような……悲しいような。

いや、違うか。

享年という単語を見るたびに……ただただ心臓が痛くて、ひたすらに悲しい気持ちにしかならないというのが本当のところ。

偉くなったとか強くなったとか、それは本当に良かったなと思う。

だけど……そこについては、やっぱり私もあの子たちと一緒に喜んだりしたかったわけで。

「はぁ……」

と、ここ最近の癖になっているため息をついたところで、図書館の司書が私の肩を叩《たた》いた。

「閉館の時刻となります」

「もうそんな時間ですか？　すいません……」

☆★☆★☆★

夕暮れの時刻。

とはいえ、真夏なので空の太陽はまだ高い。

そんな中、私は一人、街の大通りを歩きながらため息をついた。

あれから――。

二百年後の世界で九頭竜《くずりゅう》は討伐されて、私はファミリアの大平原で目を覚ました。

それからエルフの森で暮らしていた頃のサバイバル技術を活《い》かして、狩りをしながら街を目指して……冒険者ギルドに登録して。

まあ、学生レベルでは当時の世界最強クラスの私のことだから、とりあえず今は食うには困らない生活を送っている。

とはいえ、当時と違って魔術師のレベルが一気に上がっちゃったもんだから、別に優秀な冒険者ってわけではないんだけれど。

ちなみに、今の魔術師が強い理由は、マーリン様が遮二無二に働いたことによるらしい。

勢力を急拡大させたエフタル学派は、アナスタシアやシェリルを筆頭に古代遺跡を探索してたわけなんだけど――それはどうにもマギアバーストによる弱体化の治療法を探してたらしいんだよね。

で、そこについては百七十年ほど前に発見されて、今では全人類が初代雷神皇の時代の肉体に戻っている。

それで……ちょっとビックリするのが、今では魔術学会の重鎮クラスだとレベル15魔法くらいまでは使えるようになっちゃってるらしいんだ。

ここもマーリン様の尽力の影響で、古代遺跡からの……技術のブレイクスルーに次ぐブレイクスルーが起きたらしい。

と、そんな感じで現在は魔法文明は隆盛を極めている。

そして養成した戦力をもって……つまりは少し前に、エフタル学派の魔術師による一団が九頭竜を討伐した。

それが、今の世界を取り巻く環境らしい。

それで私が今何をしているかっていうと、まあ……とりあえず休みの日は図書館に籠っての、歴史のお勉強の毎日ってワケ。

でも、一番知りたい名前については、ハッキリとは出てこないんだよね。

アナスタシアやシェリルの文献を紐解くに、二人が若いころに一緒に行動を共にしていた男の姿があって、恐らくはアイツだとは思うんだけど……。

色んな情報の断片をつなぎあわせると、恐らくはアナスタシアが二十歳くらいの頃に、エフタルは難病で病死したっていうセンが可能性として一番高い。


――まあ、あの時から数年で……若くして死んじゃったなら仕方ないか。


と、やはり、私は癖になっているため息をついてしまった。

アイツなら、私を本当にすぐに迎えに来てくれると……そう思ってたんだけどなぁ……。

でも……「次の世代」につなげろとは私自身がアイツに言ったことでもあるし、その約束は守られた。

だったら、ここは許すことにしようか。

けれど——と、私はため息をついた。

今までは九頭竜が色んな地域の空にいたわけで、今では九頭竜はもういないわけなんだよね。

人々の表情は明るくて、今まで不毛だった大地に対する開拓の話なんかもバンバン打ちあがっていて、活気も良くて景気も凄《すご》いらしい。

町の中のどこを見ても明るい雰囲気で、人々はみんな笑っていて。

そして、そんな喜びに満《み》ち溢《あふ》れた世界に私は——


——独りぼっちで放り出された。


アナスタシアも、シェリルも、マーリン様も、サーシャ様も……エフタルも……この世界には誰もいない。

と、その時、私は自分の頰《ほお》に涙が流れていることに気が付いた。

「信じてるって……言ったじゃない」

そのまま私は嗚咽《おえつ》と共に、その場でしゃがみこんでしまった。

道行く人が私をジロジロと見てくるけれど、ダメだ、もう……涙が止まらない。

「迎えにきてよって……言ったじゃない……っ！」

嗚咽混じりにそう呟《つぶや》くけれど、そんな声は誰にも届かない。

いっそのこと、もう死んでしまおうか？

そんなことばかりを最近は考えているけれど、それじゃダメだよね。

それじゃあ……ダメなんだよね。と、涙を拭いて立ち上がったその時――

「……マリアさんなんです？」

「え……アナスタシア……？」

二百年前と何も変わらないアナスタシアの姿が、そこにあった。


――これはいよいよ精神的に参ってしまっているらしい。


幻覚が見えるほどとは、これは……良くない。

「やっぱりマリアさんなんです！」

そう言って、やはり二百年前のあの頃のように、アナスタシアは小動物的な動きでぴょんぴょんと嬉《うれ》しそうに私に近づいてきた。

そしてギュっと私を抱きしめて……って、抱きしめた？　なんで幻覚に感触があるの

──。


「って、本物なの？」

「私以外に、偽物のアナスタシアがいるんですか？」

「いや……ちょ、え？　え？　な、なん、何で生きてんの!?　二百年よ!?　寿命とか……っ！」

「ええと……私って魔族ですよ？」

ああああああ！

と、思わず私は叫びだしそうになってしまった。

そういえば、コイツってマーリン様と一緒で長命種だった！

「で、でも！　歴史の本にはアンタは死んだって……っ！」

「ああ、そのことですか」

と、アナスタシアはあっけらかんとした様子で言葉を続ける。

「ええと、ちょっと有名になりすぎてしまいまして……」

「ああ、そういえば炎神皇《えんじんこう》になったって話よね」

「それ以外にもSSSランク冒険者とか、まあ色々あったんですよ。だから、色々と面倒になっちゃって……私は自分が死んじゃったことにしたんです」

何となくは……言っていることは分からないでもない。

けど、やっぱり良く分からないかな？

「いや……死んだことにするっていくらなんでも大げさじゃない？」

「いやいやマリアさん、本当に大変だったんですよ。ご主人様が私たちと出会った頃のあの当時、自身を目立たないようにしてた理由が……有名になってから本当の意味で良く分かりました」

「アイツの場合は……隠せてなくて悪目立ちしまくってたけどね」

「そうそう。絶対ワザとやってますよねって、実は私もいっつも思ってました」

昔のことを思い出し、どちらからともなく笑い始めて、やがてクスクスと二人してお腹《なか》を抱えて笑い始める。

そしてひとしきり笑った後、笑い涙を指先で拭いたところで、アナスタシアは神妙な面持ちを作った。

「どうしたの？　急にマジな顔しちゃって……？」

「あの、その……えと。二百年の間――お疲れ様です。マリアさん」

「うん……ありがと」

心の底からの、感謝の気持ちが溢れてくる。

それにこれまで真っ暗のようにしか見えなかった世界が……アナスタシアの顔を見ただけで一気に明るく見えるんだから、不思議なもんね。

「そういう風に言ってくれる人が、一人でも残ってて……救われた気がするわ」

でも……と、私は首を左右に振った。

「エフタルのいない世界は……ちょっと寂しいかな」

「……」

「まあ、アンタとの再会っていう幸運に恵まれたのに、これ以上は贅沢《ぜいたく》だよね」

と、寂しく笑うと、きょとんとした表情でアナスタシアは小首を傾《かし》げた。

「え？　ご主人様ならそこにいますよ？」

アナスタシアは振り返り、そして後方に向けて指をさした。

すると、そこにはシェリルがいて、マーリン様がいて、サーシャ様もいて、そして――


「……エフタル？」


「おう、久しぶりだな」

片手を挙げて、あの時と何も変わらないエフタルがこちらに近づいてきた。

っていうか、シェリルもマーリン様も、あの頃と何も変わらないんだけど……何これ⁉

「ど、どーして全員生きてんのよっ⁉」

「索敵魔法で勝手に耳に入ってきたことだが、さっきアナスタシアがお前に言っていただろう？」

「な、な、何をよっ⁉」

「俺たち全員目立ちすぎて、身動きが取れなくなってな」

しばし、言葉の意味を考える。

ええと、つまり、全員……死んだことにしたと？

「でも、寿命とか見た目とかおかしくない⁉　マーリン様とアナスタシアは魔族で説明つくけれどっ！」

「お前……俺を誰だと思っているんだ？　自己の不死化なんて、サーシャにできて……俺ができんわけがないだろう？」

「……ひょっとしてアナスタシアも？　他のみんなも？」

「ああ、今では全員レベル30まで使えるしな。それくらいは朝飯前だ」

突然に明かされる衝撃の事実。

パクパクパクパクっと大口を開閉しての、そんな私の久しぶりのリアクションにエフタルは苦笑した。

「そうなんだよ。だから目立って仕方ないんだよな」

「じゃ、じゃあ……九頭竜を倒したのは？」

「もちろん、俺たちだ。約束通りに俺の代でキッチリ仕留めたぞ」

「……でも……じゃあ、どうしてすぐに迎えに来なかったの？」

「あんな巨大な物体のどこにお前が潜んでるか分かるわけねーだろ？　二か月も世界中探して、ようやく今見つけたってところだ」

「……なるほど」

　色々と考えてみたけれど、確かにエフタルの語る言葉のどこにも矛盾はない。

「それで……これからどうするの？」

「とりあえずは海の外――未踏破領域で遺跡を荒らしまわろうと思う」

「それは……どうして？」

「空で九頭竜が展開していたのは、この大陸だけなんだよ」

「うーん……話が読めないんだけど？」

　小首を傾《かし》げてそう聞くと、エフタルは嬉しそうに言葉を紡ぎ始めた。

「つまり、二百年前当時に九頭竜は外の大陸にいる何かに攻撃されて……この大陸の空以外に体を置くことができなかったってことだ。未踏破領域には九頭竜以上の力を秘めている何かがいる可能性もあるわけで……他にも宇宙には十賢人がいるわけだろ？」

　と、そこまで言ってエフタルは「ハハっ！」と笑った。

「まだまだ強い奴《やつ》がいくらでもいるなんて……滅茶苦茶《めちゃくちゃ》ワクワクするじゃねえかよ！」

変わらないなあ……。

と、私はエフタルに呆《あき》れ笑いで応じる。

「で、これから先も俺は最強を目指そうと思ってるんだが——お前はどうするんだマリア？」

「どうするって……？」

「俺たちについてくるなら、俺の一門に再入門って形になるが……まだ、俺に付き合うつもりはあるのかって話だよ」

「そんなの決まってる！　いつまでも——付き合ってあげるわよっ！」

と、そこで上空からバサリと羽ばたきの音が聞こえてきた。

見上げると、そこには懐かしい……巨大な龍《りゅう》の姿が見える。

「スヴェトラーナさん？」

どうやら、あの人も未《いま》だにエフタルと付き合っているらしいわね。

「じゃあ、行こうか」

と、そこでエフタルは私を小脇に抱え、そのままスヴェトラーナさんの背中の上へと跳躍する。

ええと……。

今、百メートルは跳んだけど、魔法も身体能力強化も使ってないよね？

素の脚力だけで、百メートルジャンプしたよね？

と、そこまで思って私はやはり「やっぱり変わらないなぁ……」とクスクスと笑ってしまった。

「さあ、一緒に駆け上がるぞ……高みにな」

「……うん」

空にはサンサンと輝く太陽。

どこまでも青い空の下でエフタルはそう言って、いつもの余裕の笑みと共に、空に握りこぶしを掲げたのだった。

あとがき

と、いうことで最終巻です。

今回は長期シリーズのラストということでしたので、肩に力を入れて張り切ってしまい設定を複雑化しすぎたキライがあります。

本当に何度か『どうやってまとめようか……』とか『ラスボス強すぎだろ……』とか途方に暮れたのですが、どうにかこうにか綺麗《きれい》にまとめることができたかなと。

しかし、８巻ということで、私の書いた小説の中でも最長のシリーズになりましたね。

その意味でも私としては思い入れの深い作品になりました。

お話変わりまして終わるシリーズがあるということは、始まるシリーズもあるというわけで……。

ＧＣＮ文庫様より『レベル１から始まる召喚無双　～俺だけ使える裏ダンジョンで、全ての転生者をぶっちぎる～』という作品が刊行されています。

私の作品群って結構幅広い作風でやってまして、その中で言うと当該作品は『落第賢者』とか『村人ですが何か？』の系統の作品となります。

また、他にも裏では、ＴＵＥＥＥＥ系漫画の企画立案＆脚本仕事を（コマ単位でのセリフ指定みたいなことまで）やっていたりします。

こちらについても世に出ることになるはずです。時期が来れば白石新《しらいしあらた》のツイッターで呟《つぶや》くと思いますので、よろしくお願いします。


それでは最後に謝辞です。

最終巻まで美麗なイラストで飾っていただいた魚《うお》デニム先生、ありがとうございました。

担当編集様、長い間ありがとうございました。今後どこかで機会があればご一緒できれば幸いです。

また、ＫＡＤＯＫＡＷＡ様の営業の方や校正の方、その他、私の知らないところで本作のために御尽力頂いた方々、本当にありがとうございました。

そして何より、最後までお付き合いくださった読者様に最大限の感謝を申し上げます。

白石《しらいし》　新《あらた》